# 今天过得比
# 昨日快乐

蔡澜
著



長江出版傳媒
长江文艺出版社

新出图证（鄂）字 03 号

图书在版编目（CIP）数据

今天过得比昨日快乐 / 蔡澜著. — 武汉：长江文艺出版社，2018.12

ISBN 978-7-5702-0694-0

Ⅰ. ①今… Ⅱ.①蔡… Ⅲ. ①散文集-中国-当代 Ⅳ.①I267

中国版本图书馆 CIP 数据核字（2018）第231162号

选题策划：胡　家　胡　杨　　　责任编辑：郑海波　雨小沫
装帧设计：7拾3号工作室　　　责任校对：许　罡
责任印制：张　涛

出版：长江出版传媒 | 长江文艺出版社
地址：武汉市雄楚大街 268 号　　　邮编：430070
发行：长江文艺出版社
北京时代华语国际传媒股份有限公司　（电话：010-83670231）
http：//www.cjlap.com
印刷：北京市松源印刷有限公司

开本：880毫米×1230毫米　1/32　　　印张：8
版次：2018 年12月第1版　　　2018 年12月第1次印刷
字数：150千字

定价：48.00 元

目录

## 壹 今天过得比昨日快乐，才是重要

## 贰 不偶尔偷懒一下，活着干什么?

## 叁 活得不快乐，长寿有什么意思？

## 肆 三五好友，品茶煮酒

## 伍 有一肚子怨气时，最好是逛菜市场

陆

# 一刹那光辉，总比一辈子平庸好

## 柒 每一个时空都不同，才有趣

壹

# 今天过得比昨日快乐，才是重要

把生活的素质提高，今天活得比昨天高兴、快乐，明天又要比今天高兴、快乐，就此而已。

这就是人生的意义，活下去的真谛。

# 反对单调

这次去日本，工作完毕，与友人到银座的酒吧区去买醉。像尖沙咀的霓虹灯招牌重叠一样，不同的是没有电器、钟表或时装店，每一块都是一间酒吧的名字。

深夜。酒女送客人到街上搭的士。

忽然，听到她们的尖叫声，跟着一阵惊叹后又是欢乐的嬉笑，大家都说：才仔细看到那男人的邻座上是一只花猫。

猫儿用双手扑在玻璃窗缘，伸出一个头来，好像在欣赏街上的五光十色。她那两颗大眼睛骨碌骨碌地转动，有时伸出舌头在嘴角周围摩擦，有时拧头望着主人，有时喵喵叫两声，像是要求下去玩玩似的。车子走过后，我身旁的酒女说："这个男人常常驾车子来玩，但他从来不上酒吧，只是展示他的猫，吸引我们的注意，真是银座的一绝！"

在大城市住久，生活会变得单调与枯燥，这么一来，便失去了自我，做些不伤人害己的疯子行为，表示与人不同，能够平衡神经，与纽约大街上有人踩雪屐或穿小丑服装的心理是一模一样的。

## 换命

临上飞机还是要吃，机内食怎么都吞不下的。

到我家附近的“十楼 Jalan Batu”熟食档，找我最喜欢的 01-04 档口吃炒粿条。

那天是礼拜日，我问档主：“一年三百六十五天，都不休息吗？”

他回答得妙：“休息。累了就休息。”

档前的玻璃柜中摆着两小碟东西，切片的鱼饼和腊肠。铁锅的旁边，有一缸现炸的猪油。

生起火，用猪油爆香了蒜茸，把南洋人叫为粿条的河粉放进去，炒几下，滴带甜的黑酱油，再炒，打个蛋进去，加些豆芽、韭菜，最后放腊肠片和鱼片，又加大量的猪油渣，上桌之前，才放已经剥了壳的鲜蚶。

“别家人一下子就放蚶，怪不得炒得干干瘪瘪。”我说。

“我已经炒了 40 年了，还炒不出窍门就是笨蛋一个。”他笑了。

“现在的客人，敢吃猪油吗？”

"敢吃就来，不敢吃我就不做他的生意，也没多大损失。"

炒粿条上桌，吃进口，油油滑滑，蚶子的味道鲜得不得了。一口咬破了猪油渣，那阵香味溢出，加上腊肠的带甜，食过不羡仙。

"租金贵吗？"

"这一带的学校搬走，客人渐少，也加不起来了。租金加电费水费，一个月 400 块左右吧，不必向老板打工，已经是幸运的了。"

算一算，也要合港币 2000 块。

"一天要卖几碟才打和？"我又问。

"人工只有我一个，卖上 10 碟就行。"

我问他今年多少岁，居然和我一样大，也在同一个地区出生，那么自由自在悠闲过活，不像我那么操劳。他看着我，没有一点羡慕的眼光；我望着他，有点想把这条命和他换换。

# 人间蒸发

日本一年总有几千人莫名其妙地失踪，一点痕迹也不留下。

当然其中有被杀害和拐骗的例子，但多数是厌倦了自己的以往，抛弃一切，隐姓埋名地藏匿在另一个地方，过着别的一生。一个人变成两个人，一个人经历两个不同的世界。

可以说这个人已死。在新的生涯中，他保存了前生的生活智慧，忘记了愚蠢的感情，这些人多数会自得其乐地活下去。

他们并不一定是某种方面的失败者。事业、婚姻、经济的崩溃造成者大多数，其中也有认为对目前一切感到太单调的人。

一个电影美术指导的朋友，一生追求艺术的完美。但是电影总离不了商业，他拍的多是换汤不换药的片子。我们一起到马来西亚的小镇拍外景，看到当地人无忧无虑的人生。回到日本，他拿了所有储蓄去开了一家咖喱饭店。忘记电影，留着长胡子，一身嬉皮士打扮。后来还嫌不够自由自在，便蒸发了。十几年后，有消息说他在乡下当农夫。

# 活着

“你做那么多事，一定从早忙到晚！”认识我的人那么说。

也不一定，我有空闲的时候，有时一天什么事都不做。慢慢梳洗、阅报、看小说，饿了煮个方便面吃吃。逍逍遥遥。

香港人忙来干什么？忙来把时间储蓄，灵活运用，赠送给远方来访的友人。

返港后，刚好遇到好友过路，我陪他一整天。反正现在有手机，急事交代几句，轻松得很，没什么压力。

通常都会睡得迟一点，可惜这条劳碌命不让我这么做，五点多六点就起，到阳台看看，今天又长了多少朵白兰花？

散步到菜市场，遇相熟友人，上三楼去吃牛腩捞之前，先斩些叉烧肉，吃不完打包回家，中午炒饭，又派上用场。

应该做的零星事，像把眼镜框修理好，手表的弹簧带断了，快去换一条新的？头发是否要剪？脚趾甲到时候修了吧？

趁今天多写点稿！这么一想，所谓的悠闲日便完全破坏，心算一下，这份报纸还有多少篇未发表？那本周刊有几多存货？可免则免，宁愿其他日子捱通宵，也不想在今天做。

是替家父上上香的时候了，将小佛坛的灰尘打扫干净，合十又合十。

是打个电话去慰问家母的时候了，啊！啊！没事吗？没事最好！燕窝吃完了吗？下次带去。今天是赶不及探访了。

篆刻书法荒废已久，再练一练吧？把纸墨拿了出来时改变主意，还是继续画领带好。一条又一条，十几条之中，满意的只有一二，也足够了，明天上班结上。

“你还要上班吗？”友人问。

不上班，怎么知道礼拜天可贵？不偶尔偷懒一下，活着干什么？

# 大吃大喝

亦舒在专栏感叹："莫再等待明年，明年外形、心情、环境可能都不一样，不如今年。那么还有今天，不为什么，叫6人大吃大喝吹牛搞笑，今天非常重要。"

举手举脚地赞成。

旁观者不拍手，反而骂道："大吃大喝？年轻人有什么条件大吃大喝？你根本就不知道钱难赚，怎么可以乱花？"

花完了才作打算，才是年轻呀。骂我这个人，没年轻过。

年轻时挨苦，是必经的路程。要是他们父母给钱，得到的欢乐是不一样的，我见过很多青年，都不肯靠家里。

我想，能出人头地的，都要在年轻时有苦行僧的经历，所得到的才能珍惜，对于人生，才更能享受。

所谓的享受，并非荣华富贵，有些人能把儿女抚养长大已是成绩，有些人种花养鱼已是代价。

今天过得比昨日快乐，才是亦舒所讲的重要。而这种快乐并非不劳而获，这是原则。

当然有些人认为年纪一大把，做人没有什么成就，但这只是一种想法，是和别人比较的结果。就算比较，比不足，什么问题都能解决。

大吃大喝并不必花太多的钱，年轻时大家分摊也不难为情。或许今天我身上没有，由你先付，明日我来请。路边档、熟食中心的食物，不逊于大酒店的餐厅，大家付得起。

亦舒有时也骂我，一点储蓄也没有，把钱请客花光为止。这我也接受，只想告诉她我并不穷，也有储蓄，是精神上的储蓄。我的储蓄，老来脑中有大量回忆挥霍。

也许，有了下一代想法便不同了。我没有子女，银行中多一个零和少一个零，根本上和 6 个人大吃大喝无关。

# 懂得花

天下有种花，叫懂得花。

拥有这朵花的人，将得到无限的幸福。

人，学会赚钱，拼命赚钱。但是，懂得花钱的人少之又少。它是一门艺术，需要的才华是豁达个性，孤寒种没有希望。

我必须承认我花钱的本领比我赚钱的本领高。

有人说要是中了三千万的六合彩，叫他一下子花光，是不可能的事。我说交给我好了，我到明朝家私店打一个转，一个子儿也不剩。

更大的数目我也可以即刻散掉，苏富比拍卖凡·高或毕加索，我一举手，成亿美金就送了出去。

我那么懂得花，是因为我有几位好老师。

“要选，就选最好的。”父亲说。

“什么是最好的呢？”

“从比较中学会，一件东西，比起另一件好，就选它。从图书比较，从博物院比较，从旅行比较。”

我似懂非懂，已要出国留学。

“女人，也是一样的。”父亲说，“要买的话，买最贵的。”

“书本上没说贵就好的呀！”

“贵有它的道理。不只是短暂的快乐，得到的是人生的经验。”父亲说。

秦子彬先生是泰国华侨，家父的朋友。

他儿子比我小，十几岁时带他到拉斯维加斯赌场，儿子跃跃欲试。

“这里有一百万美金，赌吧。”他说。

赢了几十万，儿子大乐，手气一差，完全输光，脸如铁色。

“不再赌了吧？”秦先生问。

儿子摇头。

秦先生出了巨额，要把我从一间公司挖走。我对旧老板有感情，不肯。

“都怪我不好。”他说，“我出手太低。”

翌日，他在飞机事故中丧生。

倪匡兄和我喝酒，大醉。

上的士，呕吐得一塌糊涂，司机正在皱眉头，他掏出一张一百港币。当年，相等于现在的一千吧？

司机客气地扶他下车。

“钱能买得安心，是值得的。”倪匡兄说。

当我替电影公司把剧本费交给他时，他即刻分了一半给倪太。

“我那一半花天酒地，天公地道。”他说。

最后，他那五十巴仙当然花得干干净净，当今在旧金山，用他太太那一半，倪太并不觉得不公平。

收集珍贵的贝壳，养名种金鱼，都要懂得花，倪匡兄不惜工本购入，他说：“如果用钱可以买到学问，那是最便宜的。”

倪匡兄对贝壳的研究甚深，在极有权威的贝壳杂志上发表论文，备受国际贝壳爱好家赞赏。

他找不到眼镜时，想在美国再配一副，但那边要有专家验眼才肯出货。倪太返港，他吩咐买，一买十副。这个角头放一副，那个角头放一副，随时阅读。

一个家有三层楼，如果按摩椅放在客厅，须走下或爬上。干脆买三张，一层一张。

“钱买到的方便，何乐不为？”倪匡兄说。

丁雄泉先生的画室，在阿姆斯特丹，是一间小学的室内篮球场改建的，天花板上装了五百个日光灯。

从香港飞去，黎明抵达，到了他的画室，第一件事就是把一瓶最好的香槟开了。

“为什么要那么早喝香槟？”我问。

“为什么要那么晚喝香槟？”他反问。

厨房在画室的楼上，和画室一般大，用具多与餐厅相同，有一个巨大的切生火腿机器。

每天不停画画，每天不停喝酒，每天不停美食，他的生命是燎原的烈火。

食量是惊人的，一个大西瓜一个人干掉，绝不是问题。比利时青口，一吃就是三大锅。

来了东方，看到久未尝到的海鲜，每一尾鱼都想吃。一次在鲤鱼门，买了十四条鱼。

丁先生是浙江人，对沪菜有一份深厚的感情。到了香港当然要去上海馆子。

我们两人一坐下，看了菜单，这点那点，一下子要了十几个菜。

摆满整桌。经理走过来："其他的客人呢？"

"都不来了。"丁先生说。

"丁先生蔡先生请客，有什么人敢不来？到底请了什么人？"经理问。

丁先生懒洋洋地："请了李白，请了毕加索，请了爱因斯坦，都不来了。"

谢谢你们，我的好老师，给了我懂得花。

# 尼姑之言

在日本京都嵯峨野举行的《铁人料理》的节目中，我遇到了一个尼姑，八十多了，叫濑户内寂听，不觉她很老，也不觉她像尼姑。

她也是评判员之一，这个尼姑可真够忙，写小说、上电视、做法事，还在周刊上有个专栏。最近，读到她一篇关于“幸福人生”的论调，虽然也属老生常谈，但对了解日本人又多一点认识，试译如下：

没有钱吗？什么时代都有这个问题。

和我聊天的人，话题多数是和钱有关，什么被减薪啦，借钱还不了，被人追杀、只有死了用保险费来还啦，等等。

走到这个地步，都是由想住更大的房子、要吃更贵的东西开始。这是人类的欲望，谁都有的，我们出家人说这是“烦恼”。对策只有“小欲知足”。欲望小了，烦恼就小了，很简单，别愈想愈复杂。

我们只要想想日本战败后，有多可怜！

当然经济转好了，崇拜了物质主义。当今的男女都要买名牌货，名牌要花钱，所以感到有钱才是幸福的。

我们没想过从前贫苦的生活，那时候的女人为了养家而出卖肉体，当今的为了买名牌而和人睡觉，就连学生也有“援助交际”这件事发生，轻易和老头搞上了。

就算你有了钱，有了名牌，又如何？最近我的朋友一死，家里的人即刻闹抢家产的丑闻，做人做到那样，值得吗？

刚写了一本小说，主人翁是一个借高利贷的，他住皇宫式的屋子，花天酒地，后来投资失败，朋友家人都离他而去，想自杀。死前去了一个公园，看到笼里的猴子，反正快死了，就把剩下的钱买花生给猴子，猴子吃完屁股朝着他走掉，他才发现人类根本和猴子差不多，都是忘恩负义，就不自杀了。所以钱没那么好用！

老尼濑户内寂听继续说：

有时想想，有钱可以买名牌，但买不到学问。就算你父母有关系，推你进一家名校，你的事业就会一帆风顺，大公司都来请你。不过，最近的大公司也一间间倒掉呀！不倒的经费缩减，裁员多了，下一个可能轮到你。

我们做人要有信心才行。

而给你信心的，是你学到的东西、交到的朋友。这才是幸福。

什么？你已经忘记了幸福是怎么一回事儿了吗？你很快就知道了。当你生了病，就知道什么叫幸福。

老了怎么办？人都要老的，所以我们乘年轻一定要多学几门学问才行。像我，八十多岁了，还在每天忙着呀。

我也不是因为当今有了地位才说风凉话，我也知道有些人说，老了能够做些什么呢？其实老了也有许多事可以做呀，举一个例子，像去帮忙更老的人，不就行吗？

老了整天在家里等死，那才是老，老了出来参加社会活动，就不觉老。

像跳跳社交舞呀，像找人下下围棋呀，公园里有很多和你一样老的人，他们都乐意和你做朋友。

我认识的一些老太婆，出来做晨运，愈做愈年轻，还有些老头对她们有兴趣呢。

老婆死了的男人，最好是交个女朋友，家里反对是他们的事。只要你不跟那个女人结婚，我想家里也不会那么多声音。

女人也一样，虽然没有性生活，拉拉手也过瘾呀。

工作，爱情，或者说做个伴吧，也比呆住什么事都不做好。

做事也不一定为别人，为了认清自己是存在的，也应该不停地做，做到仆街为止。

# 乐观

坐上的士，阵阵香味传来。

“怎么你的姜花没枝没叶，是一整扎的？”我看到冷气口挂的花。

“哦，”司机大佬说，“我住在荃湾，那边的花档把卖不出去的姜花折了下来，反正要扔掉，不如用锡纸包好，才两三块钱一束。卖的人高兴，买的人也高兴。”

又看到车头有些小摆设：“车是你自己的，所以照顾得那么好？”

“刚刚供的。”司机说，“从前租车的时候，我也照样摆花摆公仔。”

“要供多久？”

“十六年。”他并不觉得很长。

“生意差了，有没有影响？”言下之意，是做得够不够付分期。

“努力一点，”他说，“怎么样也足够，总之不会饿死。”

“你很乐观。”我说，“近年来一坐上的士，都是怨声载道。”

“不是乐不乐观，”他说，“总得活下去，怨也活下去，不怨也活下去，不如不怨的好。怨多了，人快老。”

“你不是的士司机，是哲学家。”我笑了。看到车头有个小观音像，又问：“你信观音，所以看得那么开？”

“一个乘客丢在车上，我捡到了就用胶水把它黏在这，我不是信教，我只是觉得好看，没有其他原因。”

“你们这一行的，大家都说客人少了很多。”我说。

“很奇怪，”他说，“我不觉得，大概想通了运气就好。像我载你之前刚接了一单，客人一下车即刻有生意做。”运气好也不会好到这么厉害吧？到家。我付了钱，邻居走出大门，截住，上了他的车。

# 南投县

国民党逃到台湾，当然怀念起老家的黄酒，就在埔里酿，称之为“绍兴酒”。

常有醉客和倪匡兄争吵了起来，他们说：“我们台湾的绍兴酒，比你们的绍兴酒好喝！”

“绍兴不在台湾，何来的绍兴酒？”倪匡兄总是懒洋洋地爱理不理。

是的，数十年前的台湾绍兴酒实在难喝，所以在酒中加话梅，由此诞生。话梅虽说用盐渍，但主要是加了很多糖精，台湾绍兴酒浸话梅，就等于喝糖精水了。

时间让大家进步，埔里的酒愈酿愈佳，愈存愈醇，后来出了一种叫“陈绍”的，很喝得过。当今在埔里的餐厅中喝到二十年三十年的老酒，已比大陆的大量生产质量高出许多，不能说台湾没有好的黄酒了。

南投县的食肆无数，佼佼者有在埔里的“金都餐厅”，不只食物独特，地方也宽大到可以摆数十桌酒席。我光顾了多次，认为是当地水平最高的，他们做的“绍兴宣纸蒸香扣肉”，是把甘蔗去皮，斩成数截，铺在锅底，中层有炒香的甘蔗心，最上面是宣纸包扎的扣肉，用绍兴酒、酱油和各种该店调配的香料焖成，肉香无比。

倪匡兄吃完，题上：“六十年吃肉无数，此肉最佳。”

这句话，当今已被店里印在包扎着扣肉的宣纸上，作为招徕。

扣肉固佳，但我最欣赏的是另一道菜，和广东人生炒糯米饭有得匹敌，做法是用雾社地区生产的小米，有点糯米的黏性，炊至半熟，把切成一片片的腊肉铺上，腊肉用五花腩做成，一层肥肉夹一层瘦肉，香得不得了。另一边，再铺上用绍兴酒灌的香肠，也切成一片片。最后是把肉臊碎肉用蒜头炒香，填在中间。

吃时再淋上等老抽和猪油，更令人无法抗拒。

这次重游埔里，见店里把这个饭改良了一下，用一个小竹筒削半，将米饭和肉类填满，拿去再蒸了才上桌，不但扮相好，鲜竹味跑进了饭中，一流。

“金都”的总厨叫刘恒宏，烹调基础打得极深，又经老板和老板娘大力支持，鼓励他去创新，当今一道又一道的新菜出笼，都很美味。

我已经和老板夏文正及太太林素贞成为好朋友，见他们年纪轻轻，但做事的干劲和待人的亲切，是老一派台湾人的作风，台北已罕见，南投人还有不少。

林素贞要带我到她生长的乡下。

“叫什么地方？”我问。

“冻顶。”她回答，“出茶的。”

我还以为那是台湾茶的一个品种的名称，原来有一个真正叫冻顶的地方。

茶树种在梯田上，叶子必要肥沃的土地培养，也需不受遮掩的阳光直射，又得充足的雨量及昼夜的浓雾笼罩，冻顶这个地方各条件皆备。我们一路上山，一路赞赏一片片如诗如画的景色。

茶叶人手采摘，经日光萎凋、室内浪青、杀青和揉捻。初干后揉成圆形，再干，拣梗，烘焙，到最后的包装，程序复杂得很。

我们这次是刚好碰上乡里的茶赛，有两千多种由茶农提供的茶叶，经五六十个专业评选人盲目给分，每种茶只有一个号码。初赛后再准决赛到最后的大赛，像是选美，当选的茶王，一公斤茶要卖到几万块港币。

拿了好茶试饮，当地负责人等我赞赏，我只说了：“好香，好香。”

我们潮州人喝茶，当然注意新茶的香，但也有中茶的甘和老茶的色。台湾人喝冻顶，只得一个香字，大家的口味不同，不能说谁对谁错。

负责人看我那么说，指着自己：“我和你一样是一个上年纪的人，也当喝底子厚的茶，要有余韵。”

“对，对。”我说，“从前，台湾人叫为老人茶。”

研究历史，冻顶茶是鹿谷乡的一个叫林凤池的人，在一八五五年到福建应试，考了举人回乡，同时带了三十六株茶苗，结果种活了十二株，发展至今。

车子爬上了冻顶山，有一个叫“小半天”的竹林休憩中心，里面有木屋和竹屋，由此两种建筑材料盖成的别墅家庭房，除了客厅卧室之外，还有厨房和餐厅，在这里买了山中绿茶和溪鱼自己煮来吃，再用新鲜的茶叶代替九层塔金不换，做茶叶三杯过山鸡，也是一个好主意。

闲而住上两三天，看白云、看日出日落、听鸟啼、喝茶，当仙人去。

## 年轻时做过的事

从大阪返港的飞机上看了一部电影，片名已错过，看到是戴维·凌治导演，即刻留意。

故事描述一个七十多岁的乡下老头决意穿州越岭去看他的弟弟。平平凡凡，扎扎实实，和一般的怪异凌治作品完全不同。

一开始就形容老头双脚不灵，眼睛有毛病，跌在地上不能动弹。

老头觉得时日无多，决心上路，但他的驾驶执照因眼疾早被吊销，只有坐着电动割草机，拖了一辆手卷的铁棚出发。全镇的人都以为他疯了。

路上，他遇到了一个离家出走的少女，用智能的语言令她回家。

车子烂了，遇好心人为他换取一辆二手的。再坏，找人修理，要敲老头竹杠，他一一杀价。这个老人一点也不蠢。

有人问他："你单身出门，不怕坏人？"

老头回答："二次大战时我在战壕中度过，有什么比它更危险的呢？”

又遇到一位老头，互相道出战争的可怕。老头安慰另一个老头，说自己当年是狙击手，把敌军一个个选出来杀死，最后还错杀了一名美军的哨兵。

几经风雨，数日后终于抵达弟弟的家。同乡中人说好久不见他，不知死了没有？老头心急，驾往弟弟家那条小路是最漫长的。

终于见到弟弟，他们两人年轻时因口角而分开。老头向别人说道：再不去道歉已来不及。

见面后两个人坐在门外，大家一语不发。弟弟的眼光慢慢移动到那辆割草机和拖车上，盯住。心中的激动表现无遗，这时他大哭，观众都哭了。

片中印象最深的对白，是当老头遇到一脚踏车队，和选手们夜共宿，他们不礼貌地问：“人老了，最坏的是什么事？”

老头安静地回答：“是想起年轻时做过的事。”

# 阿叔

小时候，最大的乐趣是等待星期天。一早，爸爸妈妈姐姐哥哥和我，手抱着弟弟，一家六口穿了整齐干净的衣服，乘了的士，由我们住的大世界游乐场，直赴后港五条石阿叔的家。

阿叔姓许，我们没有叫他许叔叔，只因他比我们的亲戚还亲。

车子经一警察局、一花园兼运动场和一个集市，向左转进条碎石路，再过几间平房，就是阿叔的花园。我们按铃，恶犬汪汪，阿叔的几个儿子开门迎接。

花园占地一千多平方米，屋子是它的十分之四，典型的南洋浮脚楼，最前端是个无顶的阳台，摆着石桌凳子。

笑盈盈的阿叔，有略微肥矮的身材，永不穿外衣，只是一件三个珍珠纽扣的圆领薄汗衫和一条丝制的白色唐裤，围黑皮附着钱包的腰带。头发比陆军装还要长一点，一张很有福相的圆脸，留了一笔小髭，很慈祥地说："来，先喝杯茶。"

由阳台进主宅的门楣上挂着一副横匾，写了几个毛笔字，签名并盖印。

第一次到阿叔家时拉爸爸的袖子，问道："写些什么？"

爸爸回答："这是周作人先生写给阿叔的，是他的这个家的名字。"

"家也有名字吗？周作人是谁？"我还是不明白。

"你以后多看书，就知他是谁了。"爸爸很有耐性地，"也许，有一天，你会学他写东西也说不定。"

"但是，"我不罢休，"为什么这个周作人要写字给阿叔？"

"阿叔是一个做生意的商人，但是很喜欢看书，而且专门收集五四运动以后的书……"

"五四运动？"我问。

爸爸不管我，继续说："中国文人多数没有钱。阿叔时常寄钱给他们，为了要感谢阿叔，就写些字来相送。"

"文人很穷，为什么要学他们写东西？我更糊涂了。"

一年复一年，到花园嬉玩的时候渐少，学姐姐躲在书房里，谈冰心、张天翼和赵树理。

病中，捧着《西游记》《三国演义》和《水浒传》，书籍真的有一种香味。

打从心中喜欢的还是翻译的《伊索寓言》《希腊神话集》等，继之是狄更斯的《大卫·科波菲尔》、雨果的《悲惨世界》，接着是俄国的《卡拉马佐夫兄弟》《战争与和平》，最后连几大册的《约翰·克利斯朵夫》也生吞活剥。

阿叔的书架横木上贴着一行小字，"此书概不出借"，但是对我们姐弟从来没摇过头。我们也自觉，尽量在第二个礼拜奉还，要是隔两个星期还没看完，便装病不敢到阿叔家里去。

转眼就要出国，准备琐碎东西忙得昏头昏脑，忘记向阿叔话别就乘船上路。

爸爸的家书中，我连流眼泪的时间也没有，心中有个问题："阿叔的那些书呢？"

所藏的几万册都是原装第一版本书籍，加上北京、清华等大学的学报、刊物和各类杂志。五四运动以后出版的，应有尽有，而且还有许多是作家亲自签名赠送的。三十年代，在上海出版的三种漫画月刊，也都收集。有些资料，我相信两岸未必那么齐全。

阿叔在南洋代理手揸花三星白兰地、阿华田、白兰氏鸡精等洋货，他的店铺并没有什么装修，一个门面，楼上是仓库。

在一旁，他有一间小小的办公室，里面除了一个算盘之外，便是一副工夫茶具。薄利多销是他的原则。也许是因为染上文人的气质，他的经营方法已是落后，晚年代理权都落到较他更会谋利的商人手里。

病榻中，阿叔看着他那几个见到印刷品就掉头走的儿女，非常不放心地向爸爸提出和我同样的问题："那些书呢？"

爸爸回答："献给大学生的图书馆吧！"

阿叔点点头，含笑而逝。

# 顽固寿司

在银座街角，可找到一家叫“顽固寿司”的铺子，价钱是最公道的，可以放心去吃，绝对比香港还要便宜。

“顽固寿司”的招牌没有汉字。顽固，日本假名文字写得很像中文的“加人之”，最容易认的是一个额绑头巾，戴着老花眼镜，咬牙切齿的老头子卡通像，一看就看得出是一个非常顽固的人。

一客两个寿司，最贵的当然是 Toro，卖六十块港币，赤贝、象拔贝等则是三十六两块，高级鱼类如章鱼、比目鱼，二十多块罢了。鳗鱼濑尿虾、鲑鱼子等只要十九块，香港的回转寿司也许可能做到，但是“顽固”是一家堂堂皇皇的生鱼店，并非快餐式的寿司可以比较的。

“为什么可以卖得那么便宜？”我问这家店的老板，他的样子和卡通像一模一样，一副顽固的样子。

“薄利多销呀！这是从你们中国人那里学回来的。”他说，“我去过香港，发现你们许多人都忘记了这一点。”

接着，他拿了三本他著作的书送我，描述如何经营。他的本店在大阪，连寿司和其他饮食店铺已有七十多家。

“为什么取了顽固当名字？”

“我年轻时很肯听人家的意见，进入中年，学到了一点东西，还是照样听别人的意见，但是发现人家的意见愈来愈不实用，就一意孤行，按照又便宜又好的原则去做，总错不了。愈来愈不听意见，就变成了顽固，干脆说明给别人听。”

“要不要来香港开一家？”我问。

“自己地方已经管理得不够好，怎么分心到国外去开？”他反问。

看他那顽固样，我是说服不了他的。

# 借口

“我们有子女的人，生活没有你那么潇洒。”友人常向我这么说。

这是中国人的大毛病。以为一定要照顾下一代一辈子。儿女，在中国人的眼里永远长不大，永远需要照顾。

家庭观念浓厚，很好呀，但是亲情归亲情，自己也要快乐地活下去呀。

不会的。中国人一生人做牛做马，为的都是儿女。省吃俭用，为他们留下愈多钱愈好，他们不会为自己而活。不但教养下一代，还要孝顺父母。这是中国人的美德，也没什么不好，但是有时所谓的孝顺，变成约束，把老人家也当儿女来管。

我这么一指出，又有许多人要骂我了。你这个礼教的叛徒，数千年的文化要你来破坏？你不是中国人，更不是人。

哈哈哈哈。中国人，都躲在井底。为什么不去旅行？去旅行时为什么不观察一下别人的人生？

我的欧洲友人，结婚生子，教育成人后就不太理他们，就像他们的父母在他们成年后不理他们一样。

社会风气如此，做儿女的不太依赖父母，养成独立的个性，自己赚钱养活自己。

这时候，做父母的才过从前的生活，自由自在，不受束缚，也就是所谓的潇洒了。在一般中国人的眼里这是大逆不道，完全没有家庭观念。但他们自得其乐，不需要中国人的批评。

谁是谁非，都不要紧，重要的是互相尊重对方的生活方式，他们绝对没有错，他们不是不孝，他们也并非自私，他们只知道做人，需要自己的空间和自由。

我们做不到，但是可以参考参考，反省一下。一辈子为子女存钱，是不是自己贪婪的借口？

## 泷口木雕

在阿寒湖鹤雅旅馆的大堂中摆着一尊木雕，是一个少女坐在马的后臀上，人和马都朝天看，线条简单纯朴，刻工不规则之中又带调和，一看就知道非池中之物。

旅馆的每个角落还有其他作品。个性很强，即能认出，木像下面刻有作者名字：泷口政满，深深记住。

旅馆旁边有个倭奴村，专卖些纪念品，翌日我一早去散步，发现其中有间店是泷口先生开的，即刻走进去。

看见一位清瘦、束着长发的长者，带着一条土狗。和他讲话时，老人不瞅不睬。

店中有泷口在东京开展览会的单张，看履历表原来与我同年出生，三岁时因肺炎发高烧失去听力。

才知道刚才他并非傲慢，即刻掏出纸笔，问说有没有作品集出售。

长者微笑摇头，哈哈啊啊地做“本人寒微，没资格出书”手语，原来听觉障碍也影响到说话。

店内作品数十件，泷口先生喜欢的主题是风与少女，人物造型脸略圆胖，一头长发飘风，每一尊木刻都是根据木头的原形雕出，更流露天然之美。另外就是猫头鹰了，日本民族奉之为神，像佛像塑造各种形态供奉。

泷口出生于中国东北，四岁时返乡，念口语学校，二十二岁那一年一个人去北海道旅行，大概是那个时候看到倭奴人的木刻，深深爱上，就住了下来，一直生活至今。

我很佩服这种一生奉献给艺术工作的人，需很大的忍耐力。长年下来，对木头的条纹和质地摸索清楚，加工为作品，他住在阿寒湖畔，是因为可以找到大量由湖中漂来的浮木吧。这一刻，有把我一生和泷口先生交换的冲动，但到底是缺乏了那股勇气，低头叹息。

# 采花大盗

木兰花盛开的季节又来临。

浓淡恰好，那股幽香，令人难忘，是我最中意的花卉之一。

侯王道“张贵记”的大家姐，知道我喜欢，送了我一盆，数未开的花蕊，那么小的一棵植物，至少有数十朵之多。

放在阳台上，每天勤力浇水，它回报地按日微开三四朵给我，摘下放入恤衫的口袋，香一整天，比古龙水犹佳。

清晨散步，发现家居附近也有一棵木兰，虽然没有香港大学门口的木兰树那么大，也开得像天上星星之多。

没人采摘，花瓣如爪散开，便失去香味，落得满地，实在可惜。此树一半长在公寓的停车场，另一半伸出到街头。后者的低枝上已不长花，前者则随手可拈，决定乘没人看管进去偷之，做个名副其实的采花大盗。

忽然冲出条黑狗，犬吠几声，我见逃走也没用，便站直让它来咬。这条狗反而静了下来，在我的裤管上嗅了一下，我还以为它会提起后腿撒一泡尿，好在它闻后转头走开，再也不理我。

记得在南斯拉夫时偷采苹果的情景。当地人说，只要自言自语地说三声谢谢你便采之无罪。照做，采了数朵。仔细观察，此树花蕊属于特大种，比家中盆栽者大一倍，味更浓郁。

台湾人勤劳，踏一脚车，车前放藤篮，把采到的木兰拿来贩卖，为什么我们不照做呢？香港的木兰巨树甚多，付些本钱给大树主人，采个千朵，用条很细的铁线将三四蕊穿起来，上面打一个圈，刚好可以挂在胸前的纽扣上，每串卖个五块钱，亦为可观数字。说什么也比绞脑汁好，决定改行，学顽童爬树摘之，大盗变为正业，卖花去也。

# 贰

# 不偶尔偷懒一下，活着干什么？

我们一有机会，便尽量去笑吧。

我们一遇到喜欢的人，便尽量和他们接近吧。

远走几步路，去吃一间比较有水准的餐厅，别对自己不起。

# 笑看往生

香港剩女飙升，三个女人一个独身。

报纸上的大标题。

这我一点兴趣也没有，不嫁嘛，又不会死人。

会死人的，是接着报告的香港人口持续老化。六十五岁以上港人，将由二〇〇九年约百分之十三，增至二〇三九年的百分之二十八。四分之一以上的人口是老人。

死亡人数按比例，会增加到每年八万零七百个。

那么多人离去，不关你事吗？那是迟早的问题，我们总得走。但是怎么一个走法？没有人敢去提起。中国人，对死的禁忌是根深蒂固的。

避得些什么呢？反正要来，总得准备一下吧，尤其是我们这群被青年人认为是七老八十的，虽然，我们的心境还是比他们年轻。

勇敢面对吧。死，也要死得有尊严；死，也要死得美丽。

轮到你决定吗？有人问。

的确如此，但是，凡事都有计划，现在开始讨论，也是乐事。

首先，对死下一个定义：“死不是人生的终结，是生涯的一个完成。”

我们要怎么在落幕前，向大家鞠个躬退去呢？最好是照着自己的意思去做，需要一点知识和准备。

最有勇气的死，就是视死如归，说到这个归字，当然是回到家里去死才安乐。

但事不如愿，根据一项调查，最后因病死在医院里的人还是占大多数。

为什么要在医院？当然想延长寿命呀。但是已到了尾声，延来干个屁！决定自己什么时候走，不是更好吗？

家人一定反对，反对个鸟！不说粗口都不行，我的命不是你的命，你们有什么权力来反对？

友人牟敦沛说过：“我一生做的最后悔的事，就是反对医生替我爸爸终结生命。”

这句话，家人一定要深深反省。

尤其是对患了末期癌症的人，受那不堪的痛苦折磨，家人还不许医生打麻醉针，说什么会中毒，反正要死了，还怕什么中不中毒？

如果你问十个人，相信有九个是不想在医院死的，但他们还留在医院，一方面也顾虑到家人的感受，不想给大家增加麻烦，而绝对不是自己所要的。

我劝这种人不必想太多，要在家里终老就在家里终老，反正这个家是你的家，你想怎么做也没人可以反对，而且可以省得他们整天跑到医院来看你。

虽然说医院有种种设施，但那是救命用的，你不想救，最新最贵的仪器又有什么用？

在家静养，请个护士，所花的钱也不会比住病房贵呀。找个相熟的医生，请他替你开止痛药等等，教教家人怎么定时服食和打针，也不是什么难事。

但是孤单老人又怎么办？有一条件，就是得花钱。反正是带不走的，这个时候不花等什么时候花？护士还是要请的，这笔钱，要在能赚时存下来，所以说死也得准备，千万不能等。

香港人多数有点储蓄，买些保险留给后人，大家想起老人早走，也可以省下一点，也就让你花吧。

有些人讨厌打针或喝药，也有膏贴的止痛剂可用，总之不会是愈用愈没劲，不必担心。

我最喜欢看的一部电影，叫《老豆坚过美利坚》（《野蛮入侵》），名字译得极坏，其实是一部怎么面对死亡的片子，得过金像奖最佳外国影片，讲的是一个老头得了癌症，离开他多年的儿子来看他，一看父亲被一群老朋友围着谈笑风生，又拼命吃护士的豆腐。

儿子问老子能做些什么，老子说最好替我找些有味的食品来吃吃，儿子发现父亲的乐天个性，并了解人生最终的路途，完成了父亲的愿望。

这些被一般人认为最野蛮的思想，是最先进开明的，片子的原名叫《野蛮人入侵》，其实就是这群快乐的人。

最坏的打算，已安排好。万一侥幸能够活到油枯灯灭，那就最为幸福，我母亲就是那样走的。也许，可以像弘一法师一样，回到寺庙，逐渐断食，写了“悲欢交集”四字后一笑归西。

葬礼可以免了，让人一起悲哀，何必呢？死人脸更别化妆给人看，那些钱，死前花吧。开一个大派对，请大家吃一顿好的，有什么好话当面听听，才是过瘾，派对完毕，就跟着谢幕好了。

骨灰撒在维多利亚海港，每晚看到灿烂的夜景，更是妙不可言，你说是吗？

# 学老兰

新居的楼下长几株白兰，足四层楼高，比我在天台种的那三株大百倍。

经过时不仔细看不知道是白兰，因为它只剩下叶子，看不到花，但却有一股幽香，从何处来？

大概是长成的过程中起的变化，低处生花，顽童一定来干扰；全树开遍，则会引小贩前来采折。

白兰树的花，只让站在高处的人看见。

花生顶上，像长者的白发。

树干之大，根部之强，占路边一席。

这棵白兰已不能连根拔起，移植他乡。

时代的进步，道路扩阔的话，只可将它砍伐。

不然，老兰站在一旁，静观一切的变化，但愿人老了，像这一棵白兰。

老，必须老得庄严。

老，一定要老得干净。

老，要老得清香。

是否名牌已不重要，但天天洗濯烫直。衣着是对别人的一种尊敬，也是对自己的尊敬。

皱纹是自傲，但须根应该刮净，做一个美髯公亦可，每天的整理更花费工夫。

修指甲，剪鼻毛，头皮是大忌。

最主要的，还是要像白兰那么香。

香不只是一种嗅觉，香代表不俗气。

切莫笑人老，自有报应。

人生必经之路，迟早到来。等它来临时，不如做好准备，享受它的宁静。

他人言论，已渐觉浅薄无聊，自己更不能老提当年勇，老故事亦不可重复。

最好是默默然地把趣事记下，琴棋书画任选一种当嗜好，积极钻研，成为专家。不然养鱼种木，不管它们的出处，亦是乐事。

人总得向自然学习，最好临终之前发出花香。

# 武器

陪一个女人去买房子，前来介绍的女经纪，身体肥胖。她气呼呼地爬上那小山坡，满脸笑容，看完了一间又一间，我朋友都不满意，最后来到嘉多利山的布力加径，有间楼顶很高的，价钱又便宜，逗留得久一点。

我这个朋友是个名副其实的八婆，常损人不利己酸溜溜讲对方几句，看见那女经纪又气喘如牛的怪样子，她单刀直入地问道："你有没有一百四十斤？"

"哇，请你不要乱讲，我现在哪有一百四十斤？"女经纪呱呱大叫一轮后说，"我二十岁那年已经一百四十了。出来做事，爱吃东西，一年胖一斤，现在一百六了。"

连那个绷脸的八婆也被她惹得笑个不停。幽默真是一件大武器，绝对比那两个打破头的男经纪强得多。

我出外景时选工作人员，如果对方能讲一两个笑话，绝对先和他签约，因为我知道一去就是几个月，好笑的人比不好笑的容易相处。

有幽默感的人，做事的成功机会总比别人强，得到的朋友也更多，别以为讲笑话就是轻浮，连做总统也得讲一两个笑话来缓冲紧张的局面，里根和克林顿都使此招。

“你为什么出来做这一行？”八婆又问。

女经纪回答：“要养孩子呀，我和我先生离了婚。”

“为什么要离婚？”八婆又不客气地问。

“不能沟通呀，”女经纪说，“他连和哪一个女朋友约会都不肯告诉我。”

我们又笑了。八婆心情好，房子又看得满意，最后她说：“我想和先生商量一下。”

“商量一下也好，”女经纪说，“不过不是每一件事都要老公决定的。我减肥，就从来没有得过他的同意。”

八婆又笑了，交易即成。

## 二叶

在北海道吃了几餐螃蟹和鱿鱼刺身，有点闷，到了札幌，餐厅花样多，要吃些什么？结果决定了鳗鱼饭。哪一家最古老呢？我问。

“二叶。”星港旅游的副社长小笠原说，“战前我已经去吃过。”

日本料理之中，每一个市镇都有家鳗鱼饭店。代代相传，仍顽固地保持水平做下去。

餐厅开在札幌市红灯区的附近，零零丁丁一家人，共有两层。

爬上窄小的楼梯，二楼通常是榻榻米房间，等待中坐得比较舒服。好的鳗鱼店一定得等，客人下订单之后才剖鳗鱼，又蒸又烧，至少二十分钟。如果是即叫即上桌的鳗鱼店，不去也罢，一定不够好吃。

看菜单，日本人叫为“御献立”，只有寥寥数种选择，分中、上、等三种，价钱由一千六百元到二千三百元，愈高级的店铺愈没那么多花样。我贪心地要了一客，还指定“特大”

的那种，三千八百元。另外加一客烤鳗鱼内脏，三百五十元。

店里生意并不好，只有我们几个客。鳗鱼夏天肥大，日本人认为吃了才有精力，冬天就很少光顾。吃鳗鱼是吃那层皮，它生命力强，什么时候都有点肥膏，没有问题的。

等了好久才上桌，打开漆盒，一整条大鳗鱼烤得又甜又香，铺在饭上，真是诱人。

鳗鱼饭自古以来算是高级料理，当天妇罗和寿司都四五钱的年代，鳗鱼要卖一元。女作家林英美子在她的处女作《放浪记》中说，每天辛辛苦苦地打工，也不过是数文钱，从不够吃一盒鳗鱼饭，只有拼命地进修，最后才出人头地。有灵性的人，从食物中也能悟出道理。

# 微小又伟大的食物

油炸的食物，一向非我喜好。提起炸薯条，心中发毛，看到别人在快餐店中狼吞虎咽，即刻转换视线，眼不见为净。

讨厌程度，简直是连碰也不能碰到。一接触炸薯条，手指马上有油腻腻永远洗不去的感觉。吃进口，喉咙即生疮发疱，咳出巨响，打几个喷嚏，伤寒就跟着来到。服药不愈，横卧数周方能罢休。

炸薯条还给我一个贫穷的印象，英国人的 FISH'N CHIP 吃得津津有味，我总认为这是他们被德国轰炸得没东西吃的时候才想出来的菜谱。

一面喝啤酒，一面猛吞炸薯片，我看了也觉得很恐怖。天下的酒餸那么多，为什么搞到吃这种简陋的东西？超级市场中一筒筒一包包出售，货物可能是新鲜的，在我眼中都过了期。

但是很奇怪，同样是油炸的东西，虾饼却是例外，百食不厌，大量吞下，一点毛病也没有。我一看到虾饼，即刻伸手，从不抗拒。

小时候看妈妈炸虾饼，先下一大锅油（当然炸后再用），以筷子试一试油的温度之后，就那么把一片杯口大的干虾片放进去，眨眼间炸开，膨胀了三倍，这时手要快，即刻挟起，否则过火糊了，发出苦味，就要整片扔掉，非常可惜。

妈妈把炸好的虾片分给姐姐、哥哥和弟弟，最后才做给我。知道我爱吃有点发焦的，火候控制得极佳，虾饼中间粉红，四周的颜色较深，最为美味。

这时的虾饼，可真是有声有色。吃进口，奇香无比，爽爽脆脆。嗦嗦声之后，一股香甜的液体流入肠胃，忍不住一片吃完又一片，不能停止。

放学，遇小贩，卖的虾饼虽然没那么好吃，掏尽零用钱照买不误，我对虾片的喜爱，已经达到不可一日无此君的地步。

出国念书，妈妈在我的行李中塞了两盒虾片，是国货公司买的，盒上画着红色的大虾。独居海外，慰藉思乡。不学自通，第一次下厨已能把虾饼炸出微焦来，和妈妈做的一模一样。

到印度尼西亚旅行，最多小贩卖了，他们把炸好的虾饼装进一个三面是铁、一面玻璃的箱中，背在背上，拉着一条阔带子，用额头顶着，就那么四围贩卖，有时到乡下的田野，也看到小贩出巡。

箱中除了虾饼之外，还有圆形鱼饼，通常是炸得像一颗颗葡萄般大，一口一粒，味道也不错，不过没有虾饼那么鲜美。

虾饼是印度尼西亚菜中不可缺少的，他们的国食 GADO GADO，在各种蔬菜上洒上浓厚的酱汁，再铺数片虾饼。印度尼西亚炒饭 NASI GORENG 已成为国际食物，大酒店皆有，其中也附带虾片，各国的人尝过，都说虾饼比饭好吃。

想知道是怎么一个做法，跑去制造虾片的渔村看，多数是家庭工业，把网到的活虾剥了壳，放进石臼中舂成肉浆，加大量的面粉，就那么用手压扁，日晒而成。也有大量生产的，卷成长条，再切薄片晒干。

当然原料的虾新不新鲜是最重要的，而且粉加得愈多，味道愈薄。印度尼西亚之外，也有很多地方制造虾片，用的虾极少，又加了化学染料，做出五颜六色的虾饼来。

这种虾饼经常出现在粤菜中，像炸子鸡等，碟边一定被虾片围着。不管它有多么难吃，我宁愿要虾饼不去碰鸡。一片又一片，吃完等于没吃，好不凄凉。

从此，我遇到劣等的虾饼，就以“空虚”二字形容。吃了那么一大堆，什么感觉都没有，不是空虚是什么？

一大盒虾片，在市场上买到的不过是十几二十块，打开包装，里面至少有三四十块晒干的虾饼，油炸后发胀，几个大玻璃瓶都装不下。为什么我们一直要容忍那种少虾和大量面粉的东西？为什么我们不可以做得好一点，卖得贵一点？

日本人做生意就要求十全十美，有一家叫“坂角总本铺”

的公司，制造了一种叫 TEN-MARI 的虾饼，独立包装，一块一片锡纸包着，虾肉用得极多，非常甘甜香脆，而且发明了新技术，炸得又扁又平，是我吃过的虾饼之中最好的。一分钱一分货，一盒精美的三十片虾饼，要卖三千元，合港币二百二十块左右，是送礼用的。我通常买的是礼盒的，一块九十元。吃个不停，加起来也是个大数目。

日本各大百货公司的食品部都有此货出售，直接订购也行。相信大陆人工便宜，产品一定比日本的廉价，只要不偷工减料，绝对有生意可做。随着生活水平的提高，我们不能停留在从前吃次货的阶段。

学习制造高档食品的方法，不如学习精益求精的精神。

# 一休庵

在京都南山城之田边，有一座寺庙叫“一休庵”。这便是电视剧里的一休僧晚年隐居之处。

殿上供养了一休禅师的木像。夕阳透过窗纸照人，以黄金沐浴佛像全身，更显得美丽和庄严。传说佛像上的眉毛，是一休禅师遗下来的。

这时庙里的和尚相迎，以茶款待。本来习惯上饮茶的时候是佐以豆沙等甜品，但这里却让参者吃寺中出名的纳豆。

纳豆是日本食品最纯朴的一种，做法是将黄豆蒸熟，然后用稻草包起来，豆给枯草菌腐化，养成黏黏的外层，夹起来吃时有白丝相连，味道极怪，不是日本人吃不上瘾。

一面饮茶吃豆，一面看着以枯石堆砌的庭院，再望出矮墙，远处见比叡山和爱宕峰上的杉树。附近田园的蛙声传来，知道已经是梅雨的季节。

豆那么细小，一颗颗吃，爱惜每一粒的滋味，也爱惜了人生中的一切细节。

# 台湾炒米粉

厦门与东莞米粉都太粗，不宜做炒台湾米粉，只能用细如发丝的新竹米粉为原料。

最初去台湾，即刻爱上这道食物，当年大家都穷，在街边吃的没有什么好料，只见一些豆芽和椰菜，但已是天下美味。

米粉最难炒，太干了断成一节节，太湿了黏糊一锅。新竹米粉的话，只要把干货用水冲洒一下即可备用。

这时准备好的配料有：豆芽、椰菜丝、香菇、虾米和猪肉丝。肉用颈部的肉青最佳，炒得不够火或太老都不会太韧。香菇需浸到软，挤干水切丝。虾米也得用滚水浸几分钟。

红萝卜丝和芥菜段只能增加视觉效果，加不加不会改变原味。

注油入锅，待油热冒烟，炒虾米，香味溢出时加香菇丝和肉丝。不必等肉熟，蘸生抽炒之，颜色就会漂亮。接着下椰菜。豆芽则等到最后，不然会变得像老妇华发。

不必捞起材料再炒米粉，将配料拨开，看到锅底，再注入油。

这时才把米粉放下，手法得果断，翻炒次数太多米粉折碎，如果你是新手，建议一手抓锅铲，一手用把长竹筷插到锅底翻，为成功的秘诀。

练习久了，就能生出第三只手来抓红萝卜丝下锅，它最不能久炒，否则色泽全失。

见米粉一干，即刻把浸虾米的水倒入湿之，你要用金宝鸡汤亦无不可，这时米粉微微发胀，已吮吸了汤汁油水。炒时宜用中火。火过猛容易焦煳，火太小则会流失大量汤汁。

上桌前洒香菜，但画龙点睛是撒事前炸好的红葱头干，色香味俱诱人。

和台湾人谈炒米粉，他们一定会说自己的妈妈或老婆炒得最好，切莫与他们争论，你又没吃过，辩什么？微笑待之，最好。

# 身外物

日本朋友告诉我一个陶艺界的故事。

爷爷今年已经七十岁了，他所做的陶器、瓷器全国闻名，每年都要来东京的百货公司开展览会，在我们家住一晚，隔天就回乡下去。

我们家的小孩很喜欢这位爷爷，他常把一些素描给小孩看，惹他们的欢心。

一次，我们全家到爷爷的工作室去做客，见他全神贯注地在陶器上绘画，表情深刻、顽固又严肃，吓得孩子们一跳。“这些陶器，从都是粗品到现在卖得那么贵，我做了却觉得没意思了！”爷爷很喜欢喝日本清酒，醉后总发表几句牢骚。

家里又收到爷爷寄来的包裹，打开纸箱一看，却是些碗碟和茶具，爷爷说：“卖剩的，你们用好啦！”

那么有名的人做的东西，我当然收了起来，跟爷爷说：“不能让小孩们用，打烂了多可惜？”

爷爷听后大喝一声：“你说些什么鬼话，有形状的东西总会坏的，从小开始不用好的东西，长大之后眼光就不够！”

从此，我们家里用一个八千日元以上的东西来吃饭、喝茶。

小孩子们也记得爷爷的教训：“那是些身外物！”

# 视死如归

每写完一篇文章，杂志社排好字，就传送给苏美璐作插图，今天收到她的电邮：

读过你写的关于死亡，这真有趣，最近我常发白日梦（有点像你在发开妓院的白日梦），想经营一个场所，让大家可以好好死去，和平死去，平平静静地死去。

我一直希望可以帮助别人，让他们选择自己的死法。

至于我自己，最好是在早上，吃完了我喜欢的煎蛋和烤面包，到外面散散步，回家用钢琴弹弹几首巴哈音乐，坐在安乐椅上，喝杯茶和吃几块饼干，来些亲爱的朋友，用漂亮的安静的语气聊聊天，最后让我睡觉。

我想他们会把我带到天堂，其他的我才不管那么多。我就是想开那么一个让人安息的地方，我相信这种服务应该存在的。

朗，我的先生说，他最好在他钓鳟鱼的湖畔死去，我认为死亡是一种你能盼望的目的，如果你有选择的话。

是的，为什么要怕死呢？

返家，是我们大家都期待的事。

今天，我已七十岁了。谈死亡，是恰当的时候。七十年代，看《二〇〇一年·太空漫游》，一再问自己，到底有没有机会乘火箭到另一星球？或者到了那个时候，我还活不活在世上？我将会变成一个什么样子？

当今，离二〇〇一也多了十年。太空旅行没法实现了，人倒是活了下来。

样子嘛，照照镜子，还见得人，至少上电视做节目，也没人抱怨。留了胡子，是因为母亲的逝世，二〇一一年的二月二十八日三周年忌就可剃掉，到时看来是否会更老，不知道。

目前生活并不算健康，还是那么大鱼大肉。酒倒是喝少了，遇到好的还是照饮不误。

还是那么忙碌，飞来飞去，但不觉辛苦。稿件已减少许多，每星期在日报上只写四篇，周刊写的这篇一乐也，另有一篇每星期一次的食评和一篇写世界上好酒店的，已占了不少空暇。也许接下来只能再减一点，等到能够把名酒店都聚集成书后就停写。

每天睡眠有六个小时，已足够，如果能休息上七个钟头，那算饱满。迎接死亡时期来到，我要逐渐少睡，由六，减到五、四、三。

像弘一法师一样到寺庙圆寂，是做不到了。第一，我怕蚊子。第二，没有空调是受不了的。

还是留在家吧，或者到一个美景，召集好友，像《老豆坚过美利坚》戏中的主角，一个个向亲友们拥抱告别，最后在飘飘欲仙之中归去。

上天堂或下地狱，我不相信有这回事，还是没有苏美璐那么幸福，不过和她一样，之后管它那么多干什么！

地点最好是在香港，如果有困难，还是去荷兰吧。那里思想开通，又有一位我深交的医生朋友，他每次来港，我都大请宴客，荷兰人一向节俭，对东方人的招待大感恩惠，一直问有什么可以为我做到的。

止痛针对他来讲是易事，医院里一大堆，拿几管送我一点困难也没有。虽然安乐死在荷兰大行其道，但是这位医生受过一点挫折，那是当丁雄泉先生不省人事后，子女把事情归咎在他身上，闹到差点上法庭。问题是他肯不肯再牵涉到我的事件中去。

这也好办，事先由律师在场，先签一张一切与他无关的证明，他就能安心替我做这件事了。

遗嘱早就拟妥，应做的事都安排好，简单得很。

我这生人没有子女，在这个阶段，我也没有后悔过。小时听中国人的所谓不孝有三、无后为大的笑话，在我父母生前已解决了。

当年我向老人家说，姐姐两个儿子，哥哥一子一女，弟弟也是，有六个后人，不必再让我操劳吧？他们听了也点头默许。

人活在世上，亲情最难交代，一有了顾虑是没完没了的，我能侥幸避过这关，应感谢上苍。人各有志，喜欢养儿弄孙的，我没异议，只要不发生在我身上就是。

没有遗憾吗？太多了，不可一一枚举，但想这些干什么？我一直主张人活得愈简单愈好，情感的处理也缩短，到计算机原理的正和负计算最妙。不只是身外物，身外感情，是个高境界，我是能够享受到的。

很高兴在世上得到诸多的好友和老师，今人古人，都是教导我怎么走这段路的恩人。

最要感谢的倪匡兄，我向他学习了什么叫看开，他是一位最反对世俗的高人，斩断不必要的情感，尽量做些自己最想做的事，都要归功于他。

但是我毕竟是一个凡人，所以头发愈来愈白，反观倪匡仁兄，满头乌丝，虽然他自嘲不用脑了所以没有白发，但我知道，是想开了所以没有白发，所以能够做到视死如归。

## 当铺里的年轻人

往澳门的船上，遇到一位老人。

缩在一角，望出海外。从他的眼神，可以看出“孤独”两个字。

忽然产生一份同情，我主动跟他说：“到澳门去赌钱？”

他有点惊讶，从头到尾把我望了一眼，看出我不是一个不怀好意的人，露出了笑容：“不，我回去办事。”

“干哪一行的？”我真想问他，但陌生人与陌生人之间应该有一份尊敬，故不启口。

各自再寒暄了几句，船已抵达，问老人往哪一方向走，答案是在我下榻的酒店对面。

“不必搭的士，我送你一程。”

“不不，走路可以走到。”他说。

“酒店有专车，不用花钱的。”

听到是免费，他也就点点头：“干我们这一行，每一分钱都要计算得清楚。”

我又想问，但还是闭了嘴。话题一转，我告诉他：“我也在你说的那间大厦中买了一个单位。”

车到了门口，我继续说：“这座大厦本来很高贵，最讨厌就是在楼下开了几间当铺，把格调拉低了。”

“我……我就是开当铺的。”老人嚅嚅地说。

“是吗？”我说，有点尴尬。

“进来坐坐吧，反正现在这个时间没什么人。”

澳门到处都看到当铺，写了大大的一个“押”字，那么多人争生意，有利可图？

老人好像知道我在想些什么：“有赌，必有当。现在的外国人不知道这个道理，拉斯维加斯就没人做这一行，钱急了，只有打抢。”

经他那么一说，当铺这一行好像印象没那么坏了。

伙计们奉上茶，都和老板一样上了年纪。

“客人，是哪一种？”我问。

“从前香港客多，当今清一色内地人。”他说，“澳门人不会来，他们不赌。”

“我以为当铺是一个老死的行业。”我已不用太过客气地问，“又开了那么多间，做什么生意？”

“我们做的，是信用的生意。”

“信用的生意？”

“是呀，与其是当东西，我们是买商品，在我们铺里买的，任何时间都可以拿回来换成现金。”

"利润呢？"

"钻石、珠宝这一类，我们扣 10 个巴仙（巴仙即'百分之'）。你在我们铺里买了 1 万块，我们一定会用 9000 块买回来，这就是我们的信用。别的商店，一出门就不退货的。"老人解释。

"手表呢？"

"扣 20 个巴仙。"

"黄金呢？"

"照黄金的市价向客人买回来，当然他们要亏手工的钱。"

"真有那么多人拿东西来当吗？"我问。

老人笑了："赌起来，不知道什么时候需要钱。他们的心理，总是最后一铺会翻本的。不过也有很多人是买来自用，或者送太太和女朋友。"

"从当铺买回来的东西，有人肯要？"

"哈哈，你错了。从当铺买回来的东西才有保证，一定不是假货。我们有信用，我们可以用现款向你买回来。"

说得有道理，看老人的当铺，已无从前阴森，灯光大照，俨如一家免税店，卖的也多是精品。

"那么你们自己不会买到假货吗？"

"给我们一看，哪会走眼？"老人不笑了，"就算卖的是假的，客人有了发票，我们也当是真的退钱。"

"怎么学，才会变成专家？"

"没有当铺学校这一回事，我们都是从学徒做起，课本就是看好的东西和坏的东西，一一比较。做我们这一行的，只有比较，比较多了眼界就高，眼界一高就是学问。"

"要学多少年？"

"现在也在学。"老人说。

"旧衣服，没有人拿来当吧？"

"现在是什么年代了？"老人反问。

"名牌皮包呢？"

"款式出得太多，又不是我们在行的，不当。"

"除了钻石、珠宝、黄金和手表之外，还当些什么？"

"手机。"

我拿出身上的那个，问他说："能当多少？"

老人瞄了一眼："这是SONY ERICSSON最新型的记事簿兼手机M600i，当1000港币。"

我是4000多买的，才用不到几个月，卖给二手机商人至少有2000。当铺用1000来买，我向他们赎回，又要蚀200，啊，这生意可做！

"要是我们铺里摆了你这一架机，卖价只是1500，客人也有着数的。"老人又知道我想些什么了。

看他们几人都七老八十，我问："有年轻人接班吗？"

"现在的澳门年轻人都去赌场当荷官了，没经验的月薪也有1万多，谁肯做当铺学徒呢？"

我想说如果你们这班人都死光了，当铺这一行就完蛋了。

老人首次露出笑容："别担心，我们还可以多活二三十年，二三十年后，谁知道会变成一个什么世界？"

其他老人听了也都点头："对对，我们都还很年轻，有学识的人，不会老。"

# 等

回香港，时间不多，因为又要赶着为下个旅行团去探路，只停十几个小时就上路。

约了一个年轻人，对方说有重要的事商量。地点由他定，我准时来到。

说是准时，我这个人绝对不准时，只有早到。

父亲教落的一些做人的原则：对人要有礼、要守信用、别让人家等待，等等。

“当今是什么年头了。”友人问，“你这样做不是吃亏吗？”

的确受了很多苦，尤其是给一个从小玩到大的同学骗去，受伤甚重，对人生好生失望。但是另一个同学又帮助我赚钱，得到平衡。

年轻人迟到了半个钟头，对不起也不说一声。我反而安慰他：“不要紧，不要紧，我是不让人等，但是等人不要紧。”

嘴巴那么说，心里老不愿意。等人的时间加起来，不知浪费了多少个月！如果对方是个美女，那还有话说。缺德鬼一个，为什么由我来等？愈想愈不公平，愈想愈生气，但是，每一回又不公平、又生气地完结。等人的噩梦，一次又一次地重复。

为什么打电话给人，都说：“等等。”

为什么不会说：“请等一下。”

自己公司的职员，教了又教，还是说：“等等。”

怎么要求别人办公室的人说请等一下呢？

家父教的，要放弃的话一下子就放弃，但也死守了六十年。

如今年老神倦。板桥老人说：已不与诸君作无益之语也，翻成现代语：“唔同你呢班契弟玩。”

从现在开始，不再等人，让人家等我。

话虽这么说，下次又等。

# 筷子

说什么，也是筷子比刀叉和平得多。

我对筷子的记忆是在家父好友许统道先生的家开始的。自家开饭用的是普通筷子，没有印象，统道叔家用的是很长的黑筷子。

用久了，筷子上截的四方边上磨得发出紫颜色来。问爸爸："为什么统道叔的筷子那么重？"

父亲回答："用紫檀做的。"

什么叫紫檀？当年不知道，现在才懂得贵重。紫檀木钉子都钉不进去，做成筷子一定要又锯又磨，工夫不少。

"为什么要用紫檀？"我又问。

父亲回答："可以用一世人用不坏呀！"

统道叔已逝世多年，老家尚存。是的，统道叔的想法很古老，任何东西都想永远地用下去，就算自己先走。

不但用东西古老，家中规矩也古老。吃饭时，大人和小孩虽可一桌，但都是男的，女人要等我们吃完才可以坐下，十分严格。

没有人问过为什么，大家接纳了便相处无事。

统道叔爱书如命，读书人思想应该开通才是，但他受的教育限于中文，就算看过五四运动之后的文章，看法还是和现代美国人有一段距离。

我们家的饭桌没有老规矩，但保留家庭会议的传统。什么事都在吃饭时发表意见，心情不好，有权缺席。争执也不剧烈，限于互相的笑。自十六岁时离开，除后来父亲的生日，我没一家人同一桌吃饭了。

说回筷子，还记得追问："为什么要用一世人，一世人有多久？"

父亲慈祥地："说久也很久，说快的话，像是昨天晚上的事。"

我现在明白。

# 自杀瘾

对于自杀，日本人自古以来抱着美丽的幻想和无限的浪漫。加上许多伟人和作家都以结束自己的生命而更放光彩，日本的自杀比别的国家的人多。

在明治时代，日光的华岩瀑布，有个十八岁叫藤村的高中学生，写了一篇《岩头杂感》："悠悠天壤，辽辽古今，五尺微躯，置此四大，哲学何价？万有真相，一言可尽，日不可解。我怀此恨，烦闷无已，一死了之，竚立岩头。有何不安，知大悲观，瞭大极乐，其实二者，应为一致。"他便由华岩跳了下去。从此这地方声名大噪，而因该地有名，更吸引很多要自杀的人去寻死。

巨大的瀑布，激冲而下，撞到底下的石头，跳出数十丈的水花，太阳的折光中，变成不消失的彩虹，实在诱人跳下去。除了瀑布外，深不可测、又绿又蓝的冰凉湖水，也是那么可爱地呼唤着，故京都的琵琶湖、北海道的阿寒湖都是了决此生的胜地。通常他们都走到同一个地点跳下去，政府为处理死尸不胜其烦，唯有消极地插一块牌子说什么："请等一等！”“这里是思维的交叉口！”“你是一个怕死的人！”等等。

现代都市人多已失去大自然的接触，从大厦顶上望下，玩具模型的车辆、蚂蚁般的行人，煞是好看，但是到处有栏杆，窗又打不开，难于跳下。自杀者却去每一间高楼寻查，一发觉有漏洞马上又来一记。第二天这缺口即被封闭，后继人又得重新找起。

另一个值得介绍的好地方是须磨、明石和舞子三处美丽的海岸，具有自杀的各种条件，风光明媚固然不说，岩石上还有一些像跳板一样的最佳位置。要是跌不死，爬上来，可看到横展坚固的漂亮松枝，仿佛伸出手臂：“快上来吊，保证你死！”再不然，便是海岸线的那无尽头的火车轨道，随时像摇篮一样地欢迎着你。唉，要死还不容易吗？但是——

我有一位好友曾希邦曾经说过：“因为我有决定随时生死的自由，所以活到现在。”

这便是反对自杀的最佳言论。

# 一次

对生儿育女的观念，我早已看得很开。

这是旅行带来的礼物，当你在欧洲遇到许多夫妇你就会知道，没有子女人照样可以活得很开心。而且他们的父母，也绝对不会怪他们为什么不传宗接代。

一起旅行的团友，多数只是夫妇一对，有的和我一样，不相信一定要；有的儿女已成家立业，没人在他们身边，也和我一样。

“哎呀，你不知道家庭的乐趣，那多可惜！”有些人摇头。

“哎呀，你自由自在，真是羡慕死我们了……”有些人点头。

完全是看法，他们怎么想跟我一点关系也没有。如果做人要为别人的话而活，也是相当悲哀的一件事。

虽然这么说，父母之言还是要听的。最难过的那一关，还是担心家长对我的期望，这是非常迂腐的。不过，蔡家已为长辈传了六个孙儿孙女（哥哥、姐姐和弟弟各两名），只有我没有后代，我父母亲是默许的。

看见友人为他们的子女烦恼，我出了一身冷汗，当他们跑来和我商量时，我不知道怎么安慰他们。我有最好的借口："我自己没有，不能了解，不懂得处理。"

儿女背叛父母的例子也太多了，父母憎恶子女的个案也见得不少。让上帝去原谅吧，我们自己饶恕不了的话。

新年期间，应该喜气洋洋，怎么思想那么沉重？还是说点欢乐的。谢谢那些生儿育女的家长，不然我们哪去找年轻的情人或女友？

"现在养一个小孩，根据统计，要两多万港币。"一位带一家人的团友说。

另一位没有子女的笑嘻嘻："蔡先生的旅行团团费两万多。我没有小孩，可以参加一次。"

叁

# 活得不快乐，长寿有什么意思？

做人，的确是要开心。

积极快乐由自己创造，从书本，由音乐，种花养鱼，都是开心的源泉。

回顾一下，有什么事能令你大笑一场？那么，重复去做吧！绝对没错。

## 银座一绝

每晚，由东银座的歌舞伎座，经新侨演舞场，到帝国酒店前这条路上，有个卖煨番薯的流动大排档。推着车子的老人叫野中一松，他的形象四十五年不变，永远是留长髭，戴着一顶米奇老鼠帽子，喊道："薯呀！煨番薯！用木头煨的番薯——"

日本女人最喜欢吃这玩意儿，食后屁放个不停，一听到他的呼唤便麕集起来，客人包括女职员、餐厅老板娘、酒吧女、妈妈生。

带酒女出街的大头鬼，偶尔也一出手就一万日币买一个，来讨好她们的一夜之欢。

今年五十八岁的野中，力大无比，每晚推着那一百二十公斤的车子做生意。他说他绝不用现代化的石油气，煨番薯一定得用木头。歌舞伎座常换布景，他就捡废木来烧，这样可以省一点，一个晚上有三万元的纯利。从前景气佳，银座有五六摊煨番薯来和他竞争，现在只剩下他一个，反觉得寂寞。他的口头禅是："好吃嘛，放几个屁有什么要紧？"

# 大市

又到京都来吃山瑞，日本人也说京都人爱美，只肯花在衣服上，吃最俭省，没有什么好东西，但是京都的山瑞却是天下美味。

“大市”这家老店躲在小巷里面，不容易找到，只有最懂得吃的人才会摸上门。

以人头算的，不能叫菜，只是一味山瑞，而且还是三道罢了。

前菜是一小碗山瑞脚、肝和卵，加酱油煮出来。中间一锅山瑞肉，女侍者先舀一碗汤给客人喝，这一喝便上了瘾，从此非一来再来不可。最后是用山瑞汤煮成粥，仅此而已。

“要卖一千五港币一客。”我说。

“就吃这些东西？”同行的友人问。

我点头：“就吃这些东西。”

这些东西，一吃就吃了一百年。

店主说：“我每天烧，不可能烧得不好。从我祖先做起。我的儿子，我的孙子，也会继续做。我知道，他们也会做得好。”

到底是什么秘方？非研究不可。

“就是加酒和加酱油罢了。”店主说。

“让我来学习好吗？”上几次来京都小住时，向老板提出这个要求。

“厨房不大，你不怕挤的话，欢迎你来看。”他爽快地答应了。

我一连在他那里看了两天。

山瑞当然是选最高级的，半个沙田柚那么大，和街市中看到的水鱼比价钱有着天渊之别。虽是同类，但一个皇帝一个平民。

将肉切成乒乓球状，洗干净后备用。把一个用了数十年的砂锅放在炭炉上烧，烧得砂锅通红，加日本清酒，哗的一声挥发时即刻放进山瑞肉，加点酱油，就那么煮个十分钟，就那么捧上桌。

真的，最好吃的食物，就是那么简单做出来，但是要做得像他们那么好，还需百年。

## 立喰屋

在大阪下榻的中之岛 Rihga Hotel 附近，有一家小小的立喰屋。

顾名思义，站着吃的，名字并不贴切，应该叫为立饮屋才对，客人目的不在吃东西，喝一杯就走。

店里有个老头，也是站着，把一点四公升大瓶清酒打了，倒出来自己请自己，喝个不停。

喝酒的人多数喜欢有点东西送送，店里也卖简单的鱼饼、鱼春、豆腐和花生等等，有些鱼和肉却是事先做好的。客人点了，老头舀出来放进微波炉叮一下，即刻上桌。

睡不着，深夜走去喝一杯，和老头聊起天来："店是自己的？"

"租的。"他说，"几十年前租下来，不是很贵。"

"业主见你的生意好，会不会加租？"

老头笑了："日本经济那么坏，我不减他的租算是好的了。"

"开这么一间店，是因为自己爱喝酒？"我知道答案，也要问问。

他点头："喝得进医院几次。我老婆不喜欢喝，跑了。儿子骂我是个酒鬼，也跑了。"

看食物和酒的价钱，便宜得不能相信，又问道："能有多少毛利？"

老头回答："我不是那么算的，我算的是一天能不能够有一万元的收入。"

一万元，六百多块港币，除成本，算已打平，每天净赚三百多，吃店的喝店的，足够。

"不必储蓄吗？"我问。

"病了住医院不要钱，用储蓄来干什么？"

"这一点日本是做得好的。"我说。

"我只是担心死了，儿子来不来送终。"老头说。

"死了，还担心些什么？"我说。

老头点头："说得对，今晚我请客。"

## 咯咯

大自然中工作，炎热的太阳，偶尔爽凉的清风，天空是那么蓝，树木是那么油绿，心情跟着开朗，胃口大了起来，暴食狂饮。问题来了，去哪里解决？又只好向着大自然。

令我想起已故的好友陈厚。一天，我们一块儿在日本的郊外拍戏，他忽然便急起来。陈厚是一个不靠翻译传达的人，他与不同语言者指手画脚，总是搞得通。

以手势问日本人说厕所在哪里？他们果然懂了。“噢，”日本人说，“便所？”

陈厚猛点头，嗨嗨，便所，便所！

日本人用手指指着前面的下半身：“咯咯？”

“咯咯”是“这里”的意思。

跟着，日本人又指着后面的下半身：“咯咯？”

陈厚明白了“咯咯”。用手指着前面的下半：“咯咯。”

日本人也会意是小便，用手指指着陈厚站着的地下，说：“咯咯。”

# 九州岛三苦

当年和何莉莉、演员杨凡一起去新加坡拍戏，带着的工作人员中有个日本人，出生于九州岛乡下，姓名很怪，叫三苦。我们很顺口地称他为“九州岛三苦”。

九州岛三苦长得很矮，但非常结实，常看到他一个人双手各提着一支两万火的灯爬上爬下。一支两万火的灯，至少有五十斤重。九州岛三苦从不诉苦，但是也从没有见他笑过。

新加坡的炎热天气下，每个人都汗流浃背，九州岛三苦把他的牛仔裤用剪刀一剪，变成工作短裤，穿着背心，他有一身坚强的肌肉。

在拍外景的一个晚上，邻居的英国老姑婆看到后就大叫起来，即刻打电话给警察，说有人露出不文之物。

还是英国人讲话比较大声的年代，警车来了，跳了两个人要抓九州岛三苦。我上前跟警察理论，他们说有人投诉，一定要带去警局落案。我们的戏拍到一半，少一个人都不行，哪里有空去搅这种事？指着三苦，我大喊：“这怎么叫暴露？”

警察们也觉得我的话有理，讨论了一番，也就上车离去。

哪知这个老姑婆站在阳台直瞪三苦，又报案去了。警车又来，这次说什么也要抓三苦。我向莉莉打个眼色，莉莉娇声嗔气地向警察说：“有什么值得大惊小怪？”

好歹又将警察们哄走，他们也觉得那老姑婆真烦。我们大骂英国人混账，来看拍戏的朋友娶了一个英国太太，她说：“我们英国人倒不是每个人都那么坏！被这死八婆破坏了名誉。”

“那你帮我们出出气。”我对她说。

她点点头。

我对她咬一轮耳朵后，她便去打电话，每隔五分钟就打一次，学着老姑婆的声音。

“警察扔我的电话，他们不会再来了。”朋友的太太回来报告说。

最后一个镜头拍完，那个老姑婆还在阳台，我叫全体男演员一共三十多人，对着她，大家把裤子脱下来。她吓得尖声大叫歇斯底里地跑掉。九州岛三苦，第一次看他笑了出来。

# 一百〇八个烦恼

想起日本的除夕。

单身寡佬，躲在家里没有意思。友人虽然热情邀请，心里总不是味道，拒绝去做客，我每年都到附近的一间神社去。

和尚笑脸相迎，手中抱着一大堆木条，它们是写着梵文咒语的临时墓志，一年一度拿到院中烧火取暖。雪花飘下，我和邻居们缩成一团，围着营火。和尚奉上烫热的大瓶清酒，一杯下肚，直入肠中。杯一空，又添满，还有咸饼当肴。

将近十二点了，大人小孩都站起来等待。神社院中挂着一口巨钟，和尚带头，抓着绑在大木槌上的绳子往后一拉，顺力击出。“咚”的一声，传至远处，回音拉着尾巴愿过来。

人间有一百〇八个烦恼，每敲一下，便能清除一种，敲得越响，烦恼越快离去；敲不响，那它便跟随你一年。

大家争先恐后地排队敲钟。我醉意已至，步伐蹒跚，走至钟前，大力击去，发出巨声，心中大快，乡愁云散，果能如愿。

## 深信不疑

在箱根的保罗温泉，浸了大池，全身轻松，回到房内打开电视，一面看一面细饮清酒。

有点醉意，叫侍女铺好床，钻进窝中，又渐渐热起来，一脚把厚棉被踢掉。感孤独，打电话叫个按摩的。

荧光幕出现形象，听到声音后赶紧一看，是我多年前第一次当副导演时的电影，现在已好像粤语残片一样的在深夜播送。

老太婆拉开门，鞠躬进来，开始工作，她从肩膀开始按起，我闭眼享受，她问道："先生，你是干哪一行？"

懒得说明一番，答道："看相的。"

"我不相信。"她说。

"闭着眼睛，我也能看到东西。"头也不回，我说，"电视上现在是不是一个男人走进来，向那女人一枪打去？"

果然"砰"的一声。我应知道，因为对这部电影我已经是滚瓜烂熟。按摩老太婆对我讲的职业深信不疑。

## 日本天公

农历新年，去新潟。团友有些一家大小，希望看到雪。新潟在东京的北部，天气寒冷，小说家称之为“雪国”。

但是去年是日本下雪下得最少的一个冬天，只见远山积雪，地面上毫无踪迹。

小孩子抬头望我：“叔叔，会下吗？”

“会，一定下。”我只好那么说。

除夕那晚到达温泉旅馆，进房后打开电视，报道有一股冷锋，一向是从大陆打一个转才吹到的，这回直击。

在宴会厅吃晚餐的时候，我对团友说：“我已经和日本天公达成协议，他响应我说明天送大家一场雪。”

“撒谎的话，天公生气，会得到报应的。”小朋友警告。

我笑嘻嘻：“没问题。放心好了。”

一如天气预告，元旦那天，下了一场又浓又厚的雪，大地变白。

众人欢呼。小孩子对我说：“叔叔真有办法，日本天公也搞得定。”

我偷笑不已。出发到草莓园采草莓。父母担心："又风又雪，怎么办？"

我又吹嘘："淋不到，吹不倒。"

原来我早就知道草莓是长在温室里面的，日本冬天没有水果，把夏天生长的草莓改在冬天收获，都是室内种植。

草莓又红又肥大，甜似蜜糖，吃到饱为止，老少都高兴。

归途，一上公路大风大雪，视线不及三码，前面有车祸，旅游巴士被困，待了半天。

我开始担心，这就是所谓的报应吧。

"喂，生什么鸟气？让我们过个好年！"我望着天说。

日本天公拿我没办法，即刻放晴，车也动了。

今年，有个愉快的开始。

# 一休和尚

如果你问我最喜欢看的电视节目是什么，我一定回答说是《聪明的一休》。

一休和尚这个人物实在令人着迷，他那一双大眼睛，盘足坐下，两手双指在光头上打个圆圈，当的一声，便能想出为人解围的计策，实在可爱。

这片集是慢慢进入你的脑海的，并非一下子吸引你。多看几回后，其他人物如那老顽童将军、他的助手新左衙门、桂梗尾的老板是大反派，等等，等等，所有的人物都有他们独特的个性。

打打杀杀的机械战斗士固然画得精彩，但是我相信小孩子们长大后，不会再去记那么多的铁甲英雄名字，但对一休和尚是不会忘怀的。

在美国及其他东南亚地区,《聪明的一休》这片也很流行，配上当地的对白，可见好的东西不分国籍，都会受欢迎。

一休确有其人，住京都，可惜他老后不再机灵，变得尖酸刻薄。

## 杀价的乐趣

"一斤多少钱？"

"五块。"

"什么？那么贵？两块行不行？"

"……四块吧……四块半！"

"好，卖给你。"

"加一条。"

这不是杀价，这是买菜，家庭主妇的专利，她们有大把时间，可以慢慢磨，毫无艺术可言。

男人不喜欢花时间在这件事上，当然也包括了一些个性开朗豁达的女人。大家都讨厌被别人占便宜，只要是价钱合理一定成交，但是对方拒绝老老实实出价，唯有和他们周旋。

如果一开口就买下，商人虽然乐于赚一笔钱，但对于你这个大头鬼也没好感。在土耳其的一个街市中，我就听到店里的人说："谈价钱是我们生活的一部分，你减我的价，表示你肯和我做生意，是对我的尊敬。"

所以，男人多么嫌烦也需要杀价。久而久之，变成一门艺术。当成艺术，杀价已是乐趣。

很久之前，我在秘鲁特的酒店商场注意到一张伊朗地毯，前面是白色，中间见到是大红，过后回头又是粉红色。深深把我吸引。

店主的眼睛一亮，出来把我抓住，是神是鬼，先敬我一句："这位先生真是有眼光！"

好东西，绝对不便宜，我并没那么多闲钱可花，开始转身。

"给我一分钟时间。"对方恳求，"出一个价。"

"我以为出价的应该是你！"我说。

"好，18000 块美金。"

掉头就走。

"这是一件国宝呀，那么精细的手工，还能到哪里去找？你嫌贵，轮到你出一个价钱。"店主说。

我急于脱身："我看过更好的，如果你有货，拿出来。"

对方做一个"你真是内行"的表情："好，你明天来，我一定送到你眼前。"

妙计得逞，我一溜烟跑掉！

翌日一早，甫下电梯，那厮已在大堂等待。

"货来了，请看一看。"

说什么也要看一眼吧？走进店里，果然是一张更大更薄的，的确难于找到这种精品。

"知道你识货，不再讨价还价，只加 2000，算整数的 2

万美金好了。”他宣布。

我摇头：“你既然知道我识货，那就不应该开这个价。好，我也不会讨价还价，你想一想，能减到什么最低的价钱，我现在出去吃饭，回来后告诉我。”

他只好让我走。商店一般只开到下午6点，再迟也是八九点，我11时才折返酒店，他还笑嘻嘻地等在那里：“为了表示我的诚意，我减一半，1万美金。说什么也不能再低了，大家可以不必浪费大家的时间。”

织一张那么好的地毯，最少半年，三个人制造，一个月算工资1000美金，3乘6等于18000，丝绸本钱不算在里面，也是一个公道的价钱。我在其他地方看到一张只有1/3小的，也要卖5000，5乘3，15000。而且这种工艺品像钻石，不是一倍一倍算的。

店主看我考虑了那么久：“再出个价吧，再出个价吧。”

杀价的艺术，是永远不能出个价。一出价，马上露出马脚。

“9000美金，”他有点生气，“不买拉倒。”

“拉倒就拉倒。”我也把心一横。

“这样吧。”他引诱，“你把你心目中的价钱写在纸上，我也把我的写在纸上，大家对一对，就取中间那个数目好不好？”

这是个陷阱，但是是一个好的陷阱，也是他最后一招，但我总不能写一块钱呀。

什么艺术不艺术，如果你真的想要买这件东西，老早已经崩溃，如果你觉得一切是身外物，美好的在博物馆看得到，不拥有不是问题的话，那你就有恃无恐了。

“最后价钱，”我说，“2000 美金。”

成交，他伸出手让我握。为了遮掩他一开始的时候出那么高价，他说：“开始打战了，三个月没发过市，能有多少现金是多少。你拿回去，卖给地毯商，也能赚钱。”

我感谢他的好意，心里面想：“这张东西，也许本钱只要 1000 块，当地人工，一个月几十美金。”

人，总是那么贪婪和不满足。

刚去过云南丽江，有许多手工艺，太太们拼命抢购，这里买到一件 20 块的，隔几家，才卖 8 块，快点买多几件来平衡，像买股票一样，也是好笑。

我也想买几个精美的手机袋送人，家家都卖同样货物，我看到一位表情慈祥的老太太，勤劳地自己动手。走了进去，她问什么价钱，已不是重要的事了！

## 疏狂

亦舒看了我一本书叫《狂又何妨》，说我这个人一点也不疏狂，竟然取了那么一个书名。

哈哈哈哈。我也不认为自己是疏狂，出了七八十本书，所有书名都与内容无关，只是用喜欢字眼罢了。

中国诗词有一模式，也不自由奔放。到了宋朝，更引经据典，晦涩得要命。诗词应该愈简单愈好……

整首背不出来，记得一句也是好事，丰子恺先生就爱用绝句中的七个字来作画，像“竹几一灯人做梦”“几人相忆在江楼”“嘹亮一声山月高”等，只要一句，已诗意盎然。

承继丰先生的传统，我的书只用四个字为书名，像《醉乡漫步》《半日闲园》等，发展下去，我可以用三个字、两个字或一个字。

有些书名，是以学篆刻时的闲章为题，《草草不工》《不过尔尔》《附庸风雅》等，也有自勉的意思。

《花开花落》这本书的书名有点忧郁，那是看到家父去世时，他的儿孙满堂有感而发。

大哥晚年爱看我的书。时常问我什么时候有新的？我拿了这本要送给他时他已躺在病榻上，踌躇多时还是决定不交到他手上。

暂居在这世上短短数十年，凡事不应太过执，眼见愈来愈混乱的社会，要是没有些做人的基本原则，更不知如何活下去。

家父教导的守时、重友情、做事有责任，由成长到老去，都是我一心一意牢牢抓住的，但也不是都做得到，实行起来很辛苦，最重要的还是要放弃自我中心。

艺术家可以疏狂，但疏狂总损伤到他人，这是我尽量不想做的事。

心中是那么羡慕！疏狂二字，多美！

## 寻开心

寻开心这个字眼原有贬义，是无赖的行为。

“你在寻什么开心？”当对方说这句话时，是骂你无事找事做。

现代的诠释已经不同。做人，的确是要寻开心，才是积极快乐由自己创造，从书本，由音乐，种花养鱼，都是开心的源泉。

家庭主妇买菜，为了能够减一两毛钱也乐个半天。到超级市场格价，看哪一家的面纸卖得便宜一点，一天很快活地过。

不过愈来愈是宿命论，不开心的种养出不开心的人，父母闷闷不乐，做儿女的要挤也挤不出一个笑容。快乐或否，完全由天生个性决定，再努力也没有用。除非你是一个以为人定胜天的人，这种“以为”的态度已是积极。改变个性和命运的例子还是有的。

回顾一下，有什么事能令你大笑一场？那么，重复去做吧！绝对没错。

我说过的一天活得比一天更好，是生活质量的提高，不一定靠金钱，但需要努力，花时间研究任何事，结局都能变为专家，一变成专家就能卖钱。烦恼是不断地出现，有什么方法应付？学《花生漫画》的史努比呀！在草原上跳舞，大叫“日日是好日”。

或者，在意别人怎么看你，又烦恼了。再次学史努比呀！在草原上跳舞，大叫：“一万年后，又有什么分别？”

想，是不花钱的，大家寻开心去也。

## 今日的澡堂子

从前的上海澡堂子，在香港已无处觅。代之的色情浴室居多，无甚享受可言。

很怀念去油麻地长乐街的长乐浴室那段日子，那种优雅再也难以重现。数年前为止，还有些老师傅在这一间那一间的三温暖生存。目前死的死，退休的退休，我已经很久没有找人替我擦过背，身上老泥不知多厚。直到日前去了尖东的乐满涛桑拿，遇见了李耀良。

李师傅肥肥胖胖，样子长得年轻，但也四十一岁了。他的老师不做了，由他顶上。见到新面孔，就让他试试。

哇，这一试，试上瘾来了。李耀良的手艺，绝对不逊我从前遇到的师傅，是大师级人物。

回到家里，我翻开十多年前在《蔡澜随笔》那本书中写的一篇《上海澡堂子》，重看一遍，和这一次的新经验交错对比，一乐也。

从前的擦背，客人躺在浴池边的大理石上，又冷又硬；当今的是用一张专用的床，像按摩室中那种，海绵垫以塑料皮包着。防水，柔软舒服。

仰天睡在床上，李师傅用两条大毛巾替我盖上，以免着凉。床的旁边有个大木桶，三分之二人那么高，冷热水喉喷出大量的水将之充满，流出。

这时李师傅由桶中拨出一大桶一大桶的热水，向身体冲来，毫不吝啬，一冲至少十桶。这种享受，在家中的浴室绝对做不到。

“冲水也要讲究。”李师傅说，“看客人对热水温度的反应，怕烫的少淋几桶，觉得适合的多冲一些。”

用毛巾在手上一包，包成刀形，再掀开上半身的毛巾，由颈项大力擦下，一条条橡皮筋般粗的老泥就出现了。这是你感觉到的，因为李师傅用另外一条毛巾盖着你的眼睛，以防水滴溅入。从前的擦背师傅不同，他们把老泥搓出后，总喜欢推到你的眼前，让你看到他们的成绩。

擦完上身，毛巾拉上盖着，再炮制腿部，连脚趾缝也揩个干干净净，感觉又痒又舒服。

“擦一次背，要用两条新的毛巾。”李师傅解释，“擦了脚就得丢掉，擦背时再换一条没用过的。现在的消费毛巾最不值钱，不能省，像从前的用过再用，客人就嫌脏了。”

又是一大桶一大桶的水冲身之后，就是用海绵涂了皂液洗刷，再用一块瓜瓤摩擦皮肤，再淋一次水。

“熟客用过一次，海绵和瓜瓤都存起来，以后就是他专用了。”李师傅说。

洗擦到敏感地带，为了避嫌，轻轻带过。这和从前的技巧不同，旧时师傅才不管三七二十一，左手两指捏起你的小弟弟，右手包着毛巾由上大力搓下，刮刮两次，痛得眼泪掉下之余，同时也感到一干二净。

磨完肥皂再冲水，就可以翻身擦背，那张床有个洞让你不会压到鼻子，洞的周围又铺上三条小毛巾，背上再来两条大毛巾盖住。

冲了水，用新毛巾包着布刀再擦，老泥又是滚滚而来，从前我隔天泡澡堂子，师傅还是会搓出泥团，我怀疑是表皮死去的细胞。

脚部用另一个塑料枕头垫高，擦起来就不会顶住脚趾。

“你是什么地方人？”我问李师傅。

“广东人。”他说，“向扬州老师学的。从头做起，由跑堂、捏脚、修脚、按摩做到擦背，要样样精通才算合格。”

水冲完再冲。又来另一次的敲打，依照上海澡堂子的传统，带着敲锣鼓的节奏：劈劈剥、劈劈剥；劈剥、劈剥；劈劈、剥剥；剥！

“扬州人叫它棉花拳。”李师傅想起学师时的术语。

“棉花拳？”我问。

“敲下去后会弹起的，才有资格叫棉花拳。”他说，“擦背师傅身形也不可以太瘦，太瘦了手背的肉不够厚，敲起来客人就嫌弃了。”

怪不得都是大汉，从前的赤条条，当今已穿上 T 恤和短裤。旧浴室没有冷暖气，夏天还可以在私人房冲。那是一间有浴缸的小房间，要用一块木板架住，擦起背来才方便，但分分钟像会跌进浴缸中。冬天怕小房间太冷，就要在大池的池边进行。目前的这张床，据李师傅说，是定做来为客人服务的。

“随着时代改进，”李师傅有感，“我们这一行，还是可以生存下去的。”

说得一点也不错。整天叹息生活没有从前好，日子难过。我一直不相信一代不如一代，也不是青出于蓝的信徒。每一个时空都不同，才有趣。

擦完背后李师傅为我连头也洗了，一共冲了三次水，再把隔壁的花洒温度调好，让我自行再洗他没有擦过的部位，整个过程才算大功告成。

住在阿姆斯特丹的丁雄泉先生，在纽约的好友张文艺，来了香港最大的乐趣，除了吃就是澡堂子了。身在国外，不可能有此享受。香港人真幸福。

## 游戏

带了一群小孩子去旅行。我一向对儿童的印象不佳，觉得他们是怪物，或是外星人。

一个同样的动作，做了又做。有时他们会藏在桌子下面，忽然露出脸来吓你。你一有反应笑了出来，这一下子可好，他们又藏又露，永远一样。一做，就做了俩小时。

精力充沛，说话、唱歌、跳上跳下，来个没完没了。头脑开始发胀，喊停了不行，到底是别人家孩子，你有什么权力指责？

小鬼们又偏食，总要妈妈哄骗一番才肯吃一口。喜欢的还吞几啖，外表新奇的绝对不去碰。这只维持一段很短的时间，到了成长期，这一顿吃得饱饱的，走出餐厅肚子又饿，简直是消化奇兵。我供应他们的食物，多也不是，少也不是，真头痛。

但是，这些看不顺眼的事，自己小时候也经过，怎么不反省？

记得做儿童时喜欢学陀螺，把身体转了又转，转到支持不了躺在地上，天旋地转。那么愚蠢的事，怎做得出呢？

那么一想，开始对儿童的行为宽恕了很多，见到那些重复又重复的动作，似乎有了理解。仔细观察，像看小动物的纪录片。的确，有点可爱。

其中一位不断画画，我也在纸上画着并排的五个小圆圈。儿童望着我，不知道我想画些什么？我又在第二个和第四个圆圈之外画一个大圆圈，加上几点，就变成眼睛和嘴巴的一张脸，惹得他们哈哈大笑，开始对我有点好感。

我令他们发笑，他们表演节目来报答。有一个小女孩扮猫，四处乱爬。握着拳，做洗脸状，发出喵喵的舒服声，也像到极点，接着就模仿抓耗子，守在角落，等老鼠出来一口咬住。可见他们的观察力很强，不然学习不到。我们只要模仿他们扮猫，把自己当成儿童，就可以参加他们的游戏了。

肆

# 三五好友，品茶煮酒

做人要有信心才行，
而给你信心的，
是你学到的东西，交到的朋友。这才是幸福。

## 古龙和吃

古龙在他的散文集中谈的吃，从牛肉面讲起，他最爱“唐矮子”的牛肉面。

唐矮子有个伙计叫王毅军，长得人高马大，腰十围，和唐矮子大异其趣，人家就叫他“王胖子”。

“王胖子”出来开店，在新生南路和信义路十字路口桥头，很受欢迎，后来去了美国。

现在还开的牛肉面铺，只剩下桃源街的老王记了，你到桃源街也看不见老王记的招牌，问的士司机，他们会帮你找到。在店中吃牛肉面，想起古龙不知在哪个座位坐过。

至于古龙说的昆明街那一档，我去找过，没发现。古龙形容这家店的老板娘用竹筷子夹牛肉到碗去的神态，戴老花眼镜，专注与慎重，简直像选钻石一样。

排骨面，古龙爱吃“金围”和“淞园”这两家，不知现在还在不在？

不过他说当年吃的，也大多数是“一口咬下去，就好像咬到一块外面裹面粉的油炸甘蔗板，惨绝人寰”。“惨绝人寰”

这四个字倪匡兄也爱用。

武昌街和中华路的转角处，有档叫“鸭肉扁”的，古龙说这家人的生意“好得造白”。常去吃，这家人现在还在，而且变成连锁的铺子，开了好几家。我上次去吃，发现没有从前那么好，鸭肉有点硬，但滋味还是好过其他的。基本上“鸭肉扁”和香港卤水鹅的做法相同。

餐厅方面，古龙喜欢去永康街的“秀兰”，当今开了两三家，是台北热门的铺子，做的是改良过的台式沪菜。

古龙偶尔也吃咖喱饭。有一家大排档的老板赚了钱就跑舞厅，遇到古龙。古龙去吃的时候老板故作神秘状偷偷一笑，意示彼此守秘，但也不会在饭上多浇一勺咖喱。

# 永远的陈小姐

第一次遇到陈宝珠小姐本人。

何太太来吃越南东西，和她一起到九龙城的“金宝越南餐厅”去，我做陪客。

陈小姐温文尔雅，名副其实的淑女一名，样子还是那么美丽。

人生总要进入的阶段，陈小姐的也来到了，她给我的感觉只能用英文的 graceful 来形容，字典上这个字译为优雅的、合度的，都不能表达。

前几天晚上我们一班人吃饭时也讨论过 grace 这个字，研究了它与宗教的关系，是上帝的恩典。A State of Grace 更是上帝恩宠的状态。如果用中文的天赐，也俗了一点。

餐厅吴老板要求与陈小姐合照，作为私人珍藏，由我抓相机。拍后我也不执输，和她一齐拍了一张。大叫：“发达啰！”

饭后驱车到花墟散步，陈小姐没有来过，处处感到新奇，花名问了又问。

“这是什么？”她指一堆植物问。

"猪笼草。"我说，"由荷兰进口，改了一个'猪笼入水'的名字，卖得很好。"

"香港人真会做生意。"她说。

这时出现了一位中年妇女，兴奋地招呼宝珠姐。陈小姐转身一看，即认得她，向我说："是我的影迷。"

影像即刻出现了两帮人大打出手的回忆。陈小姐问她："今年多少岁了？"

"四十七。"她含羞回答。

"姐姐呢？"陈小姐还记得。中年妇女即刻用手机联络，陈小姐亲切地和她谈了几句，收线后告诉我姐姐当年更是疯狂。

中年妇女还讲了一个秘密，原来陈小姐是懂得种花的，但她一直没提起。

"叫我宝珠，或英文名字。"她对我说。

我微笑不语。叫陈小姐，因为在我们的心目中，她永远是小姐。

## 树根兄

我的大伯、二伯和四伯都很长寿，只有三伯很年轻就得病去世了。他只有一个儿子，我的堂兄蔡树根。

树根兄从小就出国谋生，在星马干过许多行业，对机械工程特别熟悉，沿海的捕鱼小屋“居隆”，以前起网都要用手拉，树根兄替渔夫们安装马达，省却人力。

已经多年没见过树根兄了，他的儿子都长大，各有事业。树根兄今年六十出头，还那么粗壮。三更半夜“居隆”的马达有毛病，一个电话他便出海修理，渔民都很尊敬他。

近年来，树根兄多读书，精通历史，而且有画展必到，在绘画上大下苦功，尤其是炭画，研究得很深刻，亲朋好友只要略加描述他们的先人，树根兄便能神似地将人像画出来。

那天他来家里，手提数尾乌鱼当礼物，说是渔夫朋友孝敬他的。喝了茶后，树根兄和我父亲叙旧，讲的多是他小时对家乡的回忆。

我从来没有见过我三伯，树根兄对他父亲的印象也很模糊。家父记得最清楚的是三伯的手艺非常灵巧。

单说剪头发吧，三伯从不假手于人，他用脚趾夹着一面小镜子，自己动手。理后脑的头发时，右手抓剪刀，左手握另一面镜倒映到脚上的镜，剪得整整齐齐，一点也不含糊。

有时家中没菜，他便装着在人家鱼塘里洗澡，三两下子，空手偷抓了一尾大鲤鱼，藏在怀里，不动声色地拿回家，被祖母笑骂一顿。

早年守寡的三婶是一个不苟言笑的人。记得我小时树根兄把她接到南洋，住在我们家里。她带了树根兄的大儿子绷着脸坐着。吃晚餐时大孙子白饭一碗碗入口，掉在桌面上的饭粒也拾起来珍惜地吞下，我看得心酸再添一碗给他。三婶看在眼里，才跟我问长问短。

树根兄和他母亲甚少交谈，反与家父亲近，他问道："我父亲到底长得像谁？"

爸爸回答："你年轻时我不觉得，现在看来，长的最像的是你。"

他告辞，爸爸送他到门口，临别时看到他眼角有滴泪珠。

## 加藤和尚

自从和加藤分开，已有二十年。

做学生时，加藤在嬉皮士出没的地方遇到一个美国水手，送给他半根大麻，他刚要抽，就给警察抓到。

被判罪之前，他要求我们为他请个律师，证明抽大麻的害处不多过酒精，虽然一定要入狱，也要留下一个记录，让后人多一份证据。

三年后出狱，我已离开东京，他身穿黄袍，出了家，告诉我的女秘书要由日本走路到香港来看我。

这么多年来我也常想起他，不知道他人在哪里。有一天去西藏拍外景时，会不会遇到他为凡人念经。

这次重访东京，在十字路口有人叫我。

转头，不是加藤是谁？

大喜，想抱他，但又不知道和尚吃不吃这一套，手停在空中，他反而亲热地前来摸我的头发。

“我现在住在美国，我们在乡下有个小小的庙，刚好有点事回东京，想不到会遇上你，”他微笑着说，“每次回来，都到办公室找你。”

“变了和尚，还挂着我们这些俗人干什么？”

他点头：“尘世没法忘记，到现在还是有很多苦恼，一直到死那天也丢开不了。”

我仔细观察加藤，发现他的样子和二十年前没有怎么变，神态倒是安详得多，大概是因为吃素的关系吧。

“你还喝不喝酒？”我不客气地问。

“偶尔。”他答得坦白。

“吃肉呢？”

“偶尔。”

我还天真地以为他已放弃了一切。

“我现在最想做的，就是去柬埔寨和缅甸，把去世的日本人的骨头捡回来。”加藤说。

我已忍不住地骂他：“你这家伙，到现在还是迷恋电影，要学缅甸竖琴里那个和尚。”

加藤尴尬地承认：“当年你包中国饺子给我们吃，我也一直记着。”

转个话题，我好奇地：“美国现在流行很多旁门左道的宗教，那是为什么？”

“都是因为我们这些正式和尚不够努力。”加藤叹了一口气后合十。

我不知道这个又喝酒又吃肉又忘不了往事的人是怎么一个和尚，但是最少他没有把罪归在别人身上。

大家互望，已到再次分开的时刻，相拥后走远。

# 丁雄泉先生

黎智英传来短讯："丁雄泉已于数日前安然逝世。"

看了一阵悲伤，回复道："这也好。"

"唔，这也好。"黎智英兄同意。

几年前一次跌伤，丁先生从此昏迷。说是变成植物人也不是，还有点感觉的。

关于生病的事，他家人不想让人知道，我一直没出过声，当今走了，大家已不介意了吧。

那么多的往事，一下子涌了出来。和丁先生在一起的日子，总是阳光，总是快乐，我在他身上学到的东西实在太多。

没叫他一声丁老师，是因为我没正式拜过师傅，他当我是个朋友，已感幸福。一生之中，不是那么容易遇到一个真正的艺术家，而丁先生的确是一位真正的艺术家，不但在作品上得益，在做人方面的启发更是厉害。

从香港去的飞机，一向是清晨抵达阿姆斯特丹，丁先生已经在门口迎接，见到我，就说："来，喝杯香槟。"

"早上喝香槟呀？"我问。

“香槟一定是晚上喝的吗？”他反问，“香槟，是高兴的时候喝的。”

在我的记忆之中，我们一见面就是香槟，不管是早上、中午或晚上。记得他家中有几个彩色的高脚玻璃杯，切割出白色的花纹。为名厂制造的古董，价钱不菲，一般人只摆在柜子里的，打破了怎么办？

“打破了再买呀。”他说。

挥金如土的个性并非平凡的人拥有，丁先生对美好的东西不计较金钱。参观有才华年轻艺术家的画展时，也会一口气买下数十幅来，也许，这是令他想起当年自己开画展、一幅画也卖不出的往事吧。

我时常强调艺术一定要先把基础打好才行，但丁先生是唯一一位例外的，因为他的画不靠线条，全凭色彩。从他的大红、大黄、大绿的世界里，得到的欢乐是无比的。当我要求向他学画时，他说：“不要向我学，向大自然学。花朵、鹦鹉，甚至于西瓜，颜色都是鲜艳的。要学，学做人有广阔的胸襟，学接受太阳的光彩。”

丁先生在纽约成名得比安迪·华荷还要早，于六七十年代，国际画评家已对他的画惊为天人。作品价钱极高，大家买不起，只有向他的海报着手，曾经是世界上复制品卖得最多的画家之一。

我也是由他的海报和画册认识的，一看好像被雷击，即刻着迷，从此不断找关于丁先生的数据来读。一次，在艺术中心的个人展中遇见他本人，觉得他身体结实得像一个体育健将，看他事忙，也没去打扰。

后来由黎智英介绍，才知道原来他也喜欢看看我的小品文，有了共同语言，更加亲切了，他比我大，就以丁先生称呼。我们常一起吃饭，丁先生的食量更是惊人，而且爱用手抓东西吃，这点和我一样，我们到菜馆，一叫就是一桌菜。

“你们两位请客，怎么其他客人那么大胆都不来？”经理问道，“到底请了谁？”

丁先生懒洋洋地：“请了李白、请了毕加索、请了米高安哲奴，都不得闲。”

吃那么多东西才有那么强壮的体力，而画西洋画是需要体力的，毕加索在七八十岁的高龄也壮得像块石头。丁先生一样，他换上衣服和鞋子就开始作画，油漆溅在他身上，滴到他鞋子，都是一幅幅色彩缤纷的作品。

也从来没有看过画家有那么大的画室，是由一间室内篮球馆改建的，丁先生一有钱，就在阿姆斯特丹市中心买下一座荒废了的小学，装修成楼下画室、楼上住宅。

房子虽大，依荷兰人的习惯门却很小。丁先生嫌门板单调，就在上面画画，曾经被人偷过几次，还是画。

画室中，摆着大明星送给他的签名照片，马龙·白兰度、费克·马里奇里夫和导演约翰·休斯顿等，女演员珍希宝的字迹更是亲密，丁先生从他的百宝柜中取出一大沓情书：“都是她在巴黎拍《断了气》时写给我的。”

一下子，画室改为病房。丁先生倒下后，荷兰籍女友为他布置的。护士们都很惜身，抱起病人要靠机器，所以室内加了一架小型的起重机。自动起卧的床少不了，也有电动轮椅，虽然病人已不会操作了。

药水倒是闻不到，传来一阵强烈的洋葱味，是熟悉的。丁先生最爱的，就是这种种子像个洋葱，标杆直的茎，开大朵的红、白、黄的花了。

“丁先生，来看您了。”我叫了几声，没有反应，抓着他的手时像在握紧我的。忽然，看到他眼角有颗泪，我自己已泣不成声。

那么一等，就是六七年。是的，走了也好。久病无孝子这句话也灵验，丁先生的一对子女后来把房子也卖掉了，让他搬进一间狭小的医院病房。女友也被打发走了，很少人去探望他，就算有知觉也是种折磨。

丁先生走了，他的色彩还是照暖我们的心。看拍卖行中当代中国画家的作品卖成天价，有几幅能像丁先生的带给我们欢乐?

安息吧，丁先生，您的画，会像太阳，升起，降落，又升起，让后代一直欣赏下去。

后记：

书至此，又接黎智英电话，说丁先生的死讯是误传。我也不顾他家人发表这篇东西了。他的一子一女皆为晚辈，可要听我的。

“这也好。”黎智英说。

我点头：“唔，这也好。”

# 亲人

有很多没有见过的亲人，在家父的描述下，我好像听到他们的呼吸。我爷爷有个小弟弟，吊儿郎当，有天塌下来都不管的个性。年轻时娶了乡中的一个美丽的少女，经一两年都没生育，我祖母却生了五男二女，将最小的儿子——我父亲——过房给他们。从小爸爸还是不改口地称呼他们细叔细婶，两人都非常宠爱他。

老细叔自幼习武，会点穴。一天，在耕田的时候来了三两地痞欺负他，怎知道给他三拳两脚地打死了一个。

当时杀人，唯一走脱的路径便是过番（注）。老细叔逃到南洋，在马来西亚的笨珍附近一小乡村落脚。几番岁月和辛酸，总算买到二十亩橡胶园：做起园主，和土女结婚生子。

一方面，老细婶一直没有丈夫的音讯。她织得一手好布，也不跟我祖母住在一起，于邻近买了一小栋房屋独居。她闲时吟诗作对，不过从来没有上学校的福气，所修的文字，都是歌册上学来。潮州大戏歌曲多采自唐诗宋词。家中壮丁都放洋，凡遇难于处理的纠纷，都来找细婶解决，连我奶奶都怕她三分。

经太平洋战争，我的二伯终于和老细叔取得联络，问他还有没有意思回到故乡。老细叔也不回答，默默地卖掉几亩橡胶园，就乘船走了。

石门锁起了骚动，过番三四十年的南洋客竟然回家了。大伙儿都围来看他。拜会过亲戚长辈后，老细叔拎了行李走入家门。

老细婶并没有愤怒或悲伤，打水让他洗脸。只是到了晚上，让他一个人睡在厅中。

翌日，老细婶陪他上坟拜祖先。老细叔又吊儿郎当地在家里住下，偶尔到邻近游山玩水，吃吃妻子做的咸菜，是世上的美味。

过了一阵子，老细婶向他说："这些年来，我想见你的愿望已经达到。你住了这么久，也应该要回南洋了。"

送她丈夫上船，再过了多年，老细婶就去世。

死后在她家的墙角屋梁找出百多个银圆，是她一生的储蓄。老细婶没有说过要留给谁，她也不知道要留给谁。

注：过番指离开故土，到"番邦"谋生。番邦，通常泛指南洋，也就是现今印度尼西亚、新加坡等东南亚国家。

## 梦香老先生

家父友人中有一位蔡梦香先生。他是潮州人，在上海清政大学读书，后来寄居星洲和槟城。

蔡先生是一位清癯如鹤，天真如婴儿的老人，很随和脱略，老少同欢。手头好像很阔绰，随身行装却很少，只有一个又旧又小的藤箱。一天，一个打扫房间的工人好奇地偷看他那藤箱中装的是什么东西，原来那三两件的衣服已拿去洗，里面空空洞洞，只有折叠着一张黄纸，写着“处士讳梦香公之墓”。

大家知道了这秘密不敢说出口，老人却敏感地抢先声明：“自己的身后事让自己做好，不是减少后人的麻烦吗？”

他更写了一首诗：

随处尽堪埋我骨，天涯终老亦何妨？
死生不出地球外，四海六洲皆故乡。

一生中，蔡先生从来不用床。疲倦了躺在醉翁椅上，像一只虾一样屈起来做梦。梦醒又写诗作对，写完即刻抛掉。什么纸都不论，连小学生的算学蓝色方格簿上也写。桌上一本书也没有，但是看他的诗、书法和画，可知他的功力极深。除了做梦，蔡先生还会吐纳气功，清醒的时间只有十分之二三。当他作画时，不知自己是书是画，是梦是醒：醒后入梦，而不知其梦。对于他，什么所谓画，怎么所谓醒，都不重要了。

有一天，一件突发的事破坏了他一贯的生活规律。那是他中了头奖马票。本来冷眼看他的人都来向他借钱。他说："想见面的朋友偏偏不来看我，因为马票已成友情的故障；而怕和我见面的却天天包围着我，这怎么办？"

还有怎么办？他畅意挥霍，过了一年半载，把钱花光了，然后心安理得，蜷曲醉翁椅昏昏入梦。

文人的生活到底不好过，他流浪寄居于各地会馆，终遭白眼。蔡先生于八十三岁逝世，我一直无缘见他一面。今天读他的遗作，知道他在临终那几年已丧失了豪迈，他写道：

处处崎岖行不得，艰难万里度云山；
不如归去去何处，随遇而安难暂安。

这首诗与他当年"四海六洲皆故乡"的旷达心情是相差甚远，不禁为他老人家流泪。

# 昨夜梦魂中

为什么记忆中的事，没做梦时那么清清楚楚？昨晚见到故园，花草树木，一棵棵重现在眼前。

爸爸跟着邵氏兄弟，由大陆来到南洋，任中文片发行经理并负责宣传。他身为文人，不屑像其他同事利用职权赚外快，靠薪水，两袖清风。

妈妈虽是小学校长，但商业脑筋灵活，投资马来西亚的橡胶园赚了一笔，我们才能由大世界游乐场后园的公司宿舍搬出去。

新居花四万块买的，双亲看中了那个大花园和两层楼的旧宅，又因为父亲好友许统道先生住在后巷四条石，购下这座老房子。

地址是人称六条石的实笼岗路中的一条小道，叫Lowland Road，没有中文名字，父亲叫为罗兰路，门牌四十七号。

打开铁门，车子驾至门口有一段路，花园种满果树，入口处的那棵红毛丹尤其茂盛，也有杧果。父亲后来研究园艺，接枝种了矮种的番石榴，由泰国移植，果实巨大少核，印象最深。

屋子的一旁种竹，父亲常以一用旧了的玻璃桌面压在笋上，看它变种生得又圆又肥。

园中有个羽毛球场，挂着张残破的网，是我们几个小孩子至爱的运动，要不是从小喜欢看书，长大了成为运动健将也不出奇。

屋子虽分两层，但下层很矮，父亲说这是犹太人的设计，不知从何考证。阳光直透，下起雨来，就要帮奶妈到处闩窗，她算过，计有六十多扇。

下层当是浮脚楼，摒除瘴气，也只是客厅和饭厅厨房所在。二楼才是我们的卧室，楼梯口摆着一只巨大的纸老虎，是父亲专攻美术设计的友人所赠。他用铁线做一个架，铺了旧报纸，上漆，再画为老虎，像真的一样。家里养了一只松毛犬，冲上去在肚子那咬了一口，发现全是纸屑才作罢。

厨房很大，母亲和奶妈一直不停地做菜，我要学习，总被赶出来。只见里面有一个石磨，手摇的。把米浸过夜，放入孔中，磨出来的湿米粉就能做皮，包高丽菜、芥蓝和春笋做粉粿，下一点点的猪肉碎，蒸熟了，哥哥可以一连吃三十个。

到了星期天最热闹，统道叔带了一家大小来做客，一清早就把我们四个小孩叫醒，到花园中，在花瓣中采取露水，用一个小碗，双指在花上一弹，露水便落下，嘻嘻哈哈，也不觉辛苦。

大人来了，在客厅中用榄核烧的炭煮露水，沏上等铁观音，一面清谈诗词歌赋。我们几个小的打完球后玩蛇梯游戏，偶尔也拿出黑唱片，此时我已养成了对外国音乐的爱好，收集不少进行曲，一一播放。

从进行曲到华尔兹，最喜爱了。邻居有一小庙宇，到了一早就要听丽的呼声，而开场的就是《溜冰者的华尔兹》（Skaters' Waltz），一听就能道出其名。

在这里一跳，进入了思春期。父母亲出外旅行时就大闹天宫，在家开舞会，我的工作一向是做饮料，一种叫 Fruit Punch 的果实酒。最容易做了，把橙和苹果切成薄片，加一罐杂果罐头，一瓶红色的石榴汁糖浆，下大量的水和冰，最后倒一两瓶红酒进去，胡搅一通，即成。

妹妹哥哥各邀同学来参加，星期六晚玩个通宵，音乐也由我当 DJ，已有三十三转的唱片了，各式快节奏的，桑巴，恰恰，一阵快舞之后转为缓慢的情歌，是拥抱对方的时候了。

鼓起勇气，请那位印度少女跳舞，那黝黑的皮肤被一套白色的舞衣包围着，手伸到她腰，一掌抱住，从来不知女子的腰可以那么细的。

想起儿时邂逅的一位流浪艺人的女儿，名叫云霞，在炎热的下午，抱我在她怀中睡觉，当时的音乐，放的是一首叫《当我们年轻的一天》，故特别喜欢此曲。

醒了，不愿梦断，强迫自己再睡。

这时已有固定女友，比我大三岁，也长得瘦长高挑，摸一摸她的胸部，平平无奇，为什么我的女友多是不发达的？除了那位叫云霞的山东女孩，丰满又坚挺。

等待父母亲在睡觉，我就从后花园的一个小门溜出去，玩到黎明才回来，以为神不知鬼不觉，但奶妈已把早餐弄好等我去吃。

已经到了出国的时候了，我在日本，父亲的来信说已把房子卖掉，在加东区购入一间新的。也没写原因，后来听妈妈说，是后巷三条石有一个公墓，父亲的好友一个个葬在那里，路经时悲从中来，每天上班如此，最后还是决定搬家。

“我不愿意搬。”在梦中大喊，“那是我一生最美好的年代！”

醒来，枕头湿了。

# 一吟女士印象记

和香港艺术馆馆长司徒元杰先生商量，当丰子恺先生女儿丰一吟女士来港时，吃些什么好呢？

“江浙人，不如到天香楼。”我问。

“她吃斋的。”司徒兄说。

这一下子可考起我了，一些著名的斋菜馆都不十分出色，怎么办？最后决定在帝苑轩，师傅手艺佳，做起斋来也过得去吧。

终于见面，一吟女士紧紧握着我的手：“你写爸爸的文章我都看了，约了几次都错过，今天可了一个愿望。”

一九二九年出生的她，今年已八十四，还是充满活力，慈祥的笑容中看到丰子恺先生的影子，这回在一吟女士的女儿崔东明和缘缘堂纪念馆馆长吴浩然的陪同下来香港四天。

“我们想了好几个地方请您吃饭，还考虑到一家叫WOODLAND的印度斋菜馆呢。”我说。

丰女士一听到印度菜即刻摇头，好在没有决定错。

“每天的生活是怎样的？”我问。

“早上一起身，吃一个苹果就工作了，苹果最好，但有时也记不得吃过了没有，问姨娘，姨娘说吃过了，才放心。”她笑着说。

还有家政助理照顾，听了也放心。

“什么工作？”

“画画呀，写字呀，来求的人太多了，应付不了。”

“画画也是丰先生教的？”

“不，不，他生前从来没有教过我画画，去世后我才临摹他的字、他的画，我再努力也只限于模仿，创作是谈不上的，反正已没机会要爸爸的字画，喜欢他的人说我写得也好。”她谦虚地笑。

“讲多一点丰先生的琐碎事给我们听吧。”

“太多了，从什么地方讲起？”

“比方说他爱吃些什么？”

“鱼呀，虾呀。最爱螃蟹，吃完后把蟹螯拼起来，像一只蝴蝶，挂满墙上。我吃素，爸爸不是，但是四只脚的，像猪呀、牛呀都不吃，后来才知道会叫出声的就不吃，只有吃那些叫不出声的鱼呀、虾呀，真坏。”

说到这里，大家都笑了出来。

“他留学日本时到过的地方我都去了，像到江元岛吃蝾螺。”我说。

“刚到时，他看到什么什么料理就不去。料理，我们说料理后事时才用的呀，哈哈哈。”

“您自己的日语呢？”

“学过，都还给人家了，我这个女儿的日语才好，她现在于上海锦江旅游做事，专门负责日本旅客的部分。俄语也忘了，还会几句英语，像遇到外国人就说 GOOD BYE，原来也用错了。”

这时大家又笑了起来。

“爸爸的外语讲得也不比写得好，日文英文书都翻译过，后来有了禁忌，就学俄文，家里前面有家书局，出版的丛书中有《四周间》，专教人一个月中学会外语，他买了一本俄文的，在三个礼拜就通了，是有天分的，‘文化大革命’期间的收入，也靠翻译俄文。”

“酒呢？”

“可厉害了，一喝就是五斤，只喝绍兴黄酒。有一次喝多了，摇摇摆摆走回家，经过山路，一边是悬崖，他慌得拼命地靠山走，也不算是什么大醉。”

“烟呢？”

“一抽就忘记弹烟灰，有一次掉到酒杯里面，家人都说倒掉算了，他说不要紧，酒是可以消毒的。还有一次，抽烟抽得把我女儿的衣服烧了一个洞，那件东西是我做的，好心痛。爸爸用颜料在洞的周围画上一朵花，好漂亮，我们都喜欢。窗口玻璃也照画，裂开了来一枝梅花，可惜都没留下了。”

“老人家一共留下多少画呢？”

“目前能找到的有四千五百多幅，书法有两千多。”

“还有很多是藏家收着的，我们这次办的展览只是抛砖引玉，希望下回有更多人拿出来。”司徒馆长说。

“不知道丰先生画一张需要多少时间呢？”吃完饭，翌日在座谈会中有人提出这问题。

“心中有了，不会很久吧。”吴浩然先生代答。

但我知道丰先生作画时态度也是相当严谨，展览的真迹中，还能看到用木炭打稿的痕迹，是印刷品中难发现的。不过一吟女士很风趣，她也说：“漫画、漫画，不慢吧，很快的。”

听者又说：“到缘缘堂的小卖部去买丰阿姨的书，售货员说有签名的要加十块钱，太没道理了。”

一吟女士听了站起来宣布：“我答应大家，有生之年，所有签名书都不加价！”

得到哄堂大笑。

结束前，又谈起一件往事：丰先生回到家乡，很多人都来讨画，都免费赠送。家人劝道，还是小心点好，不知道对方是好人或是坏人。

丰先生听完说：“爱我的画的人，都是好人。”

## 绿屋厨房

日本一住下来，朋友多了，同学也不少。

大家都穷困的六十年代，食物之中肉类最贵，我喜欢讲的一段往事是吃咖喱饭：当年自以为是苦行僧，什么花费都得省，到餐厅去一定选吃最便宜的。

食肆不管多小，都有一个玻璃橱窗，摆着各种蜡制的菜，标明价钱。一碟四十元的荞麦拉面，上面只有几丝紫菜，吃多生厌。看到那碟五十元的咖喱饭，上面有一块邮票般大的猪肉。好，等到星期六晚上就吃它。

饭上桌，但是看不到肉，用铁汤匙翻开咖喱浆仔细寻觅，怎么找也没发现，只有作罢。

在家里拒绝吃的半肥瘦猪肉，来到异乡想吃。以为有点油水才有营养，岂知失望，此事记忆犹新。

我不是一个容易被悲伤打倒之人。没肉吃？想办法呀！走过肉铺，最便宜的就是猪脚。日本人不会吃，一只猪脚二十元卖给你，花一百六十元买了十只，店里奉送二只。拿回来红烧。日本人勤劳，已把毛刮得干干净净，冲洗后即能炮制。

那个吃火锅用的巨大锅子又派上用场了，猪脚滚了一会儿后把水倒掉，过冷水，再把水加到盖住猪脚，下酱油和从咖啡室顺手牵羊的糖包，煮将起来。

当然加花椒八角和冰糖最好，但哪有这种材料？

两小时后，一大锅香喷喷的红烧猪蹄即能上桌，大家久未尝肉味，吃得十分开心，请些日本同学回来照样做给他们吃，更开心。

吃不完的话翌日再吃，友人来到，奇怪地问说，没有冰箱哪来的猪脚冻？原来只要打开窗，放在外边就是。同样的问题，夏天的可乐怎么是冰的？放在水龙头下冲，地下水冰冷，水果用的也是一样的方法。

剩下的猪汁，煮熟一打鸡蛋放进去再煮，吃得一滴不剩为止。

久而久之，同学们就把我们那间公寓叫“绿屋厨房”，该餐厅出品还有著名的水饺。在肉店买了一些搅碎的肉，和面铺购入大量水饺皮，一包就是上百个。馅的种类可多，加蒜、韭菜、白菜或高丽菜都行。

那一大锅水滚了，把水饺放进去。浮上，加一碗冷水，再浮，再加。滚三次之后水饺即熟，捞起来吃，最后在水中加点葱花和酱油当汤喝。

一个叫加藤的同学后来当了和尚。数十年后访港，问他要不要去斋铺？他回答想吃当年我煮给他的水饺，我说有肉呀！他微笑合十："记忆，不是肉。"

也不是每次都成功，结识一些台湾来的女子，她们来绿屋吃过几餐饭不好意思，把家里寄来的乌鱼子拿来当礼物。我们这些穷小子不知珍贵，拿去煮汤，结果一塌糊涂，腥味冲天，真是暴殄天物。

把这件事告诉了她们，被取笑一番。当晚她们留下，我们可没浪费。

滚大锅粥可没失败过。日本人除了鲷鱼之外，其他鱼的头都不吃。到百货公司地下层食物部，见职员砍下鱼头后准备扔掉就向他们要，免费奉送。拿回来斩件，用油爆一爆后放进事前煲好的那锅粥中再滚个十几分钟，即成。

用来取暖的煤气炉上放一壶水，滚了沏茶。

一天，同居友人已煲了水，我从外边赶回来，一打开门撞到了水壶，就那么淋了下来，把我的脚烫熟了，痛入心肺，强忍之下脱掉袜子，那层皮也跟着剥开，露出带血的白肉来。

这下子可好，家里也没有烫伤药，同居的一群人不知如何是好。

"我妈妈说要涂油。"其中一个说，"没有药油用粟米油也可以。"

"不不不。"另一个叫，"我妈妈说酱油才有效。"

七嘴八舌议论纷纷，然后不管三七二十一又粟米油又酱油倒在我脚上。

“又不是猪脚！你们干什么？”我大喊一声，他们才呆住。夜已深，附近诊所关门。也不去什么急救医院，吞了十几颗安眠药想睡睡不着，结果弄得有点迷幻，一边讲故事一边自己哈哈笑，闹至天明。

真是不巧，翌日又接家父电报，说来日本公干，要我去机场迎接。只有硬硬地换了一对新袜子穿上鞋，怕他担心，不能做出一跛一跛的样子。

到了酒店放下行李，父亲忽然说要到绿屋看看，只有带来。想起他喜欢吃鸡，尤其是鸡尾，回家之前到鸡肉店买来煮拿手的大锅粥。

日本的鸡店中看不到全鸡，都是分开来卖：胸是胸，翼是翼，腿是腿。至于鸡屁股，也是洗得干净，排成一排排放在铁盘中。就买它一盘，日本鸡尾肥大，有数十个。

走进屋，家父心酸。还以为他发现了我被烫到，原来是他看到我们住在那么小的地方有感而发。即刻假装看不到，炮制起粥来。那一大锅鸡屁股，最初几个还觉得好吃，大家拼命添给他，结果弄得老人家一看鸡屁股就怕怕，一生再也不敢碰它。

## 老板娘

我们常去的那家最地道的鱼生店“高桥”的老板死了，老板娘说不再做下去。

“待在家里也不是办法呀。”我说。

“一个女人，管不了那么大的店。”

“你有两个女儿帮手嘛。”我说。那两个长得也真漂亮，可见老板娘年轻时更是大美人。

“三个女人，行吗？”她犹豫。

“我们来店里，也从没看过你丈夫。”

“他总是躲起来，不和客人打交道。”

“不就是吗？”我说，“现在有他和没有他的分别也不大呀！”

“说得也是，女人不做事，就没生命力。”

“你大女儿好像和那位年轻师傅的感情不错呀！”我说。

“他们对婚姻都有点恐惧，说看到同学和朋友都闹离婚。”老板娘说。

我把大女儿叫来：“唔，你的父母结婚几十年，也不都是好好的！”

大女儿给我当头那么一喝，有点愕然，向母亲说：“妈妈，蔡先生为什么讲这种话？”

“傻丫头，”老板娘笑骂，“他是要你们早点成婚。”

大女儿红着脸走开了。

“你不做的话，我们下次来吃些什么？”我再劝她。

老板娘有点心动：“做下去的话只能把店缩小，每晚收少些客人，才不会太辛苦。”

“缩小就缩小嘛。”我说。

“但是你们下次来，我招呼不了了。”

“不必为我们把店关起来。”我只有那么说。

“不过，你们来了七年，每年都带给我们不少生意，甚不好意思，谢谢、谢谢。”老板娘一直送到门口，我看见她眼边有点泪珠。

## 风月堂

从前，由新宿车站的东面出口，再步行五分钟，到日活戏院的后两条街，有一家叫“风月堂”的吃茶店。它的外表并不起眼，黑漆漆的玻璃门面，一共有两层。一走入，听到播出的古典音乐，后面的壁柜中收藏无数的唱片，由七十八转到三十三，全是经典巨作。桌子是由大块的石子雕成，有些地方凹凸不平，茶和咖啡乱摆，客人互不相识，围绕着石桌坐下。

到这里的人多奇装异服，不是引人注目那一种，而是每一件都代表穿者的个性与爱好。他们的面孔更奇特，蓄胡子的男人、留长发的女子皆普遍。有些剃了眉毛，其他的只涂两小点胭脂。他们互不干扰，和平静寂地听着古典音乐，喝着饮料，吸着香烟，摇头晃脑地欣赏着共聚在一起的气氛。

风月堂也是一个画廊，她的墙上挂满油画，是供给穷画家免费展览作品的地方，如果有人喜欢，便向经理询问，接洽好价钱后便买下。要做画家的经纪人也可以，只要画家们同意。

与其他画廊不同，她并不抽取佣金，只为小艺术家们服务，主人在咖啡和茶中赚的钱也不多，租金一天天的高涨，也是一直挨下去。

油画一个星期换一次，穷画家比五十二个星期还要多，没有能力在其他地方展出，只有轮流地等，有时等上两三年也不出奇。风月堂的主人品位极高，他并不独裁，问过其他人的意见后，有时也作特别的推荐，将很突出的艺人推前展览。

一群大学生经常在这里流连，他们并没有多余的钱花，除了付这里的廉价咖啡之外。一坐便数小时，等待、等待。等待什么呢？等待一个 HAPPENING 即兴和突发的事件。

忽然有个孤独的中年人与比他年轻的陌生人接触，表现自己对艺术的看法，发现原来对面这个小子也有同样，而且更有高深的见解，便将整群人带到他狭小的家中，高谈阔论到天亮。

美好的事多不长久，风月堂已被改建成商业大楼，唯有我们这群曾在她怀中躺过的人，偶尔提起。

# 伍

# 有一肚子怨气时，最好是逛菜市场

看到众人买菜，
感到一阵阵的温暖，
是由热爱生命的群众发出。

# 肥婆小料理

日本人把卖小食的店铺叫成“小料理”。这次我们在东京，得了一个新的经验，那是由朋友带去新宿区神乐厫的小料理。它的店名叫“笹贵”，铺面很普通，看不出什么苗头。

走进去，发觉里面很狭小，第一个印象是老板娘胖得占去店铺的大部分面积，她的圆形大面露出顽皮又可亲的笑容。站在她身后的是她的独生女儿，也是小肥娘，十七八岁，人虽肥，但样子蛮好看。

这间店只做熟客生意，朋友来之前已打好电话，肥婆已准备好一叠秋天的和服，叫我们到浴室先洗个澡。

公众浴池是个垂死的行业，日本生活水平非常高了，现在一般人家里都有浴室，浴池变得稀奇，“笹贵”的正面却有一家古色古香的。

我们只是来吃东西，又不是嫖妓，洗什么澡？但是这个想法大错特错，在热水池里泡了一阵子后饿火大旺。穿上那件宽阔的和服，浆得挺直的麻料摩擦着裸身，那感觉是多么清洁和舒服！

“我们有秋田来的酒。”肥婆说，“最好是喝冰冻的！”

朋友摇头，称冷酒易醉，还是烫热了的比较好。

“我说喝冷的就喝冷的！”老板娘命令。

好家伙，这肥婆真有个性，只好由她摆布，听她的话喝冻酒。一大口下喉，果然是甘醇，禁不住再注一杯。

肥婆看在眼里，满意地微笑。

接着她给我们一人一把小铁磨和一枝绿芥末茎，普通的店都是用粉捣的，但这里用新鲜的原料，而且还是即磨即食，真是高级。

“菜不要太多！”朋友说。

老板娘又不大高兴了。

我已经饿得快要昏倒：“不要紧，多拿点也吃得下。”

肥婆笑着去拿菜。朋友乘她转头，轻轻地说：“这下子我们可闯祸了！”

第一道菜是海胆春的云丹。这是周作人先生念念不忘的东西，他写信给日本朋友的时候经常提起。

一般的店里，云丹是包在紫菜和饭团的一小块，肥婆的上桌就是一大盒。另外的贝柱、鲑鱼子等等都是一盒盒的，原来肥婆生性懒惰，把在菜市场买到的海鲜原封不动地给客人吃。

云丹和贝柱的吃法是用紫苏的叶和紫菜包束，一包一口，直爽痛快。

再下来是虾，她取出活生生的在水龙头下冲一冲，一人两大尾摆在我们面前，还蹦蹦地跳个不停。我们要自己剥壳蘸酱油吃，细嚼后感到甘甜无比。

朋友酒喝多了想要一杯冰水，向老板娘请了几次，她装作没有听到，后来我又替他向肥婆说一遍。

“喝什么冰水？冰酒不是一样！”她大声地喊。朋友只好伸出舌头收口。肥婆的胖女儿看到了吃吃地偷笑。

后面的菜是一大盘块状的金枪鱼腹部“土罗”、赤贝和柚子般大小的八爪鱼，前两样是生的，只有八爪鱼是煮熟的，每人各一盘。

我们已经有点不能动了，而且那只八爪鱼又不切开，怎么吃？

“用手撕呀！”她咆哮。

真是怪事。印象中八爪鱼是橡皮一般硬的东西，但肥婆的软得像鸡肉，一撕就开，我们从来没吃过那样柔滑的。

“现在应该喝点热东西了。”肥婆说完给我们一人一杯茶，她的茶是用茶道的绿茶粉泡的，又浓又香。

那个酒喝得太多的朋友以为喝了浓茶会倒胃，就偷偷地走出门去，在近处的自动贩卖机里买了一包牛奶倒在杯里。

肥婆伸头过来一看，喊：“哪里来的？”说完捧着自己的一个大奶奶：“是不是这里挤的？”

“男人哪里有奶？”朋友说。

肥婆双手放在下阴，像在挤生殖器："那一定是这里来的啦。"

朋友大笑后道："老板娘，你整天在女儿面前讲这些荤东西，不小心惹得她兴起，给客人吃掉！"

"谁敢动她一下，我就这样！"她举起发亮的大菜刀，大力斩下，一条大萝卜给她砍成一半，然后她切切切，一连数刀，变为薄薄的几十片。

"要不要来多一杯茶？"她问。

大家都喝不下，摇头拒绝。

"老板娘，"朋友说，"我想要一些饭吃吃。"

"我们不卖饭！"她呼喝，好像被污辱，"这么好的菜不吃，吃什么鸟饭？"

这时候，谁敢吭声？她的个子那么大，手上又握着刀。

还好她的愠情是假的，一转泼辣，娇滴滴地问："要用碗吃或是包紫菜吃？"

"包……包紫菜！"朋友低声回答。老板娘叫她女儿到家里去拿。她过了一阵子才回来，手上捧着一大碗香喷喷的热饭，向友人说："吃吧，这本来是我妈的宵夜。"我们感激地包着鱼片吃，肚肠中温暖，又是另一番滋味。

"要不要来多一杯茶？"老板娘又问，我们又摇头。她拉长了脸走开去。

带我们来的朋友偷偷地告诉我："她丈夫死去后，她一个人经营这家店，也不请工人，辛辛苦苦地把她的女儿送去念大学。”

这可真不简单，我们都敬佩这肥婆。她回来后再问：“要不要来多一杯茶？”朋友们正想要摇头之前，我抢着说：“好，再来一杯！”

我知道不听她的话她不会死心的，果然知道我们了解她的心意后又开朗地笑了。

“下次再来！”她的语调是命令式，又带威胁性。我们乐意地遵命。走远，回头，还看到母女两肥婆站在门口相送。

# 粽子

端午节将临，又是吃粽子的时候。

每次写到“粽”字，就想起傻。人吃米饭嘛，有个米字边就成粽，回到人旁，便是傻瓜一个。四十年前琼华酒楼的广告，写着一大“粽”字，下面中型的字体写着：边个说我傻。左右的小字写着：可祭三闾之魄，可供五脏之神。这个广告，也联想到傻字上面，或者因为粽子是糯米做的，囫囵吞之鲠死，傻子一个，从了米旁。

我用字还是喜欢做粽，以米饭祭屈原老祖宗，很好。

文人论题，总爱由典故说起，所有的饮食文章都会告诉你粽子的起源和典故。读之重复又重复，如果你喜欢研究，看其他书去，我要讲的，是自己的一个吃粽子的旅程。

作为香港人，天天都能吃到粽子，只要你到粥面店，都有裹蒸粽出售，制法大概是从著名的肇庆蒸粽传来，但已没那么讲究，包的馅只有猪肉。正宗肇庆蒸粽的馅料有五香粉猪腩肉、咸蛋黄、虾米、栗子、蚝豉、香肠和腊鸭。在蒸的时间上，规定要用大锅蒸十分钟。

当今的肇庆粽水平如何没机会去试，最靠近那种味道的，反而在澳门找得到，清平直街内的“杏香园”做的粽子材料十足，四粒象棋般大的江瑶柱和三个蛋黄，绝不欺客。

一近端午，各形各式的粽子就出现了，有的不在味觉上下功夫，只是求大，故有所谓珍宝粽的出现，比普通的大出三五倍来；还有人想打破世界纪录，做出六百公斤的粽王。怎会好吃呢？蒸它三百六十五天也不透。

包粽的材料，最初用竹筒，这种做法还流传到老挝、缅甸一带，把糯米塞入竹筒中烧烤出来，没有馅的居多。你如果想尝试一下，可在九龙城的泰国杂货店买到。

接着是用竹叶、芦苇叶，也有用芭蕉叶和莲叶包的。奇异品种在台湾嘉义，有种叫山猪耳的，生长在峭壁上，它比竹叶更厚更韧，又有一股幽香，是包粽子的最好材料。

广东中山生长的芦兜，村中儿童斗的金丝猫蜘蛛，最爱藏于它的叶片中。用芦兜来包粽子，据说可持久不坏。说到中山，所制碱水最佳，把稻草、勒树和一种叫苏木的心烧成灰，水浸后就成碱水，它炮制的碱水粽不用冰箱，放它一个月再吃也不要紧。

当今的碱水粽，就是放弃竹筒，以竹叶来包的原始形态和味道，用的黍米又叫大黄米，古时候叫黏黍，包出来的东西称之为角黍。湖北省西部城镇秭归为屈原的老家，至今还用最传统的方法包粽，但黍米已被糯米代替，制法为：芦苇叶用沸水烫软，裹时每次用三张叶，置左手掌中，撑开，下面两片重叠，上面一片在两张叶交缝处压实，左右相折卷成三角圆锥形，放糯米与红枣一个，压实卷包成菱形粽子，用芦苇扎紧，大火焖煮即成。

古时一般老百姓都穷，没肉吃，也没糖，甜味出自那粒红枣。山东名点之一叫黄米红枣粽，到现在还用黄米。用糯米包粽，始于唐代。

台湾有种粿粽，则将糯米舀成黏膏，再把瘦肉拆成丝，用糖炒过来包的，味道相当不错。经济起飞后，许多著名的台南担仔面店纷纷推出豪华粽子，馅中有鲍鱼、江瑶柱、生蚝、海参、鱼翅等等，以本伤人。吃一两个还可以，多了生腻，当然比不上老百姓最爱的烧肉粽，基本上它只包着肥猪肉，但用五香粉腌过，香料味极重，这也是由福建泉州传来的小食。至于台南的吉仔肉粽，馅中百味杂陈，也许是肇庆粽传过去的吧。

粽子的形状当今只剩下三角形和长形罢了，从前有菱粽、丸子粽、百索粽和牛角形的角黍，都已淘汰掉了。香港人把附近地区叫为南方，珠江三角洲以上的都是北方，大致三角形的叫为南方粽，枕头或长方形的都是北方粽。

代表北方粽的有嘉兴粽子，从上海登沪杭甬公路，途中休息站中有卖嘉兴粽，买一个来试试。打开粽叶果然香味扑鼻，馅只有肥猪肉一块，但已蒸得融化进糯米中，好吃自然有它的道理。

嘉兴五芳斋已有上百年历史，在糯米中按次加糖、盐、红酱油拌匀。将猪腿肉去皮，横切成肥瘦兼有的长方条，加调味料反复搓擦，包成长方形，用水草捆扎六圈，再将草绳头尾并在一起，转三转塞入草圈内。水草绕得紧紧的，但不能扎死，不能打结。大火煮一小时，停火后焖，吃时草绳容易解开才是真功夫。

粽子无论怎么变化，有三种基本材料：米、叶和绳。最早的记载有五色线绳，除了草绳，现在有人用棉绳，但是到塑料绳也派上用场时，那颗粽不吃也罢。

至于湖州的褚小昌老店的猪油豆沙粽，据唐鲁孙先生说：吃到嘴里甜度适中，不太甜也不腻口，尤其是粽子包扎的松紧，恰到好处，糯软不糜，靠近豆沙的不夹生，靠近粽叶的不沾滞。这是别家粽子店做不到的，把他老人家引得口水直流。

一般的粽子不是甜就是咸，唯一变化是潮州的，它一半咸，有肥猪肉和栗子等；一半甜，是豆沙，汕头妈祖宫的粽子最著名。

粽子一下子就吃饱了，停不下的人过后一定很辛苦，喜欢的话可以分开进食，把剩下的切片，再煎炸来吃。或者再用小叶包之。要找迷你粽，泰国人手工细，他们包得一串串，每颗只有葡萄般大。粽子加工，叫为粽再蒸，是清代名点之一。

香港九龙城的新三阳南货店，包的粽子最好吃，白米粽和碱水粽卖七块钱。猪肉粽十四、蛋黄和肉的十七、金华火腿的二十九。最豪华的粽是很大只，包鲜肉、蛋黄和金华火腿，要卖到四十五块了。住在香港很好运，天天过节，日日吃粽，在这里做傻瓜也幸福。

# 一个完美的蛋

我这一生之中，最爱吃的除了豆芽之外就是蛋了。一直在追求一个完美的蛋。

但是，我却怕蛋黄。这有原因，小时生日，妈妈煮熟了一个鸡蛋，用红纸浸了水把外壳染红，是祝贺的传统。当年有一个蛋吃，已是最高享受。我吃了蛋白，刚要吃蛋黄时，警报响起，日本人来轰炸，双亲急着拉我去防空壕，我不舍得丢下那颗蛋黄，一手抓来吞进喉咙，噎住了，差点呛死，所以长大后看到蛋黄，怕怕。

只要不见原形便不要紧，打烂的蛋黄我一点也不介意，照食之，像炒蛋。说到炒蛋，我们蔡家的做法如下：

用一口大铁锅，下油，等到油热得生烟，就把发好的蛋倒进去。事前打蛋时已加了胡椒粉，在炒的时候已没有时间撒了。鸡蛋一下油锅即搅之，滴几滴鱼露，就要把整个锅提高，离开火焰，不然即老。不必怕蛋还未炒熟，因为铁锅的余热会完成这件工作，这时炒熟的蛋香味喷出，不必放其他配料。

蔡家蛋粥也不赖，先滚了水，撒下一把洗净的虾米熬个汤底，然后将一碗冷饭放下去煮，这时加配料，如鱼片、培根片、猪肉片。猪颈肉丝代之亦可，或者冰箱里有什么是什么。将芥蓝切丝，丢入粥中，最后加三个蛋，搅成糊状，即成。上桌前滴鱼露、撒胡椒、添天津冬菜，最后加炸香的干红葱片或干蒜茸。

有时煎一个简单的荷包蛋，也见功力。和成龙一块在西班牙拍戏时，他说他会煎蛋。下油之后，即刻放蛋，马上知道他做的一定不好吃。油未热就下蛋，蛋白一定又硬又老。

煎荷包蛋，功夫愈细愈好。泰国街边小贩用炭炉慢慢煎，煎得蛋白四周围发着带焦的小泡，最香了。生活节奏快的都市都做不到。香港有家叫“三元楼”的，自己农场养鸡生蛋，专选双黄的大蛋来煎，也没特别。

成龙的父亲做的茶叶蛋是一流的，他一煮一大锅，至少有四五十个，才够我们一群饿鬼吃。茶叶、香料都下得足，酒是用 X.O. 白兰地，以本伤人。我学了他那一套，到非洲拍饮食电视节目时当场表演，用的是巨大的鸵鸟蛋，敲碎的蛋壳造成的花纹，像一个花瓶。

到外国旅行，酒店的早餐也少不了蛋，但是多数是无味的。饲养鸡，本来一天生一个蛋，但急功近利，把鸡也给骗了。开了灯当白天，关了当晚上，六小时各一次，一天当两天，让鸡生二次。你说怎么会好吃？不管他们的炒蛋或者蛋卷，味道都淡出鸟来。解决办法，唯有自备一包小酱油，吃外卖寿司配上的那一种，滴上几滴，尚能入喉。更好的，是带一瓶小瓶的生抽，台湾制造的民生牌壶底油精为上选，它带甜味，任何劣等鸡蛋都能变成绝顶美食。

走地鸡的新鲜鸡蛋已罕见，小时听到鸡咯咯一叫，妈妈就把蛋拾起来送到我手中，摸起来还是温暖的，敲一个小洞吸噬之。现在想起，那股味道有点恐怖，当年怎么吃得那么津津有味？因为穷吧。穷也有穷的乐趣。热腾腾的白饭，淋上猪油，打一个生鸡蛋，也是绝品。但当今生鸡蛋不知有没有细菌，看日本人早餐时还是用这种吃法，有点心寒。

鹌鹑蛋虽说胆固醇最高，也好吃，香港陆羽茶楼做的点心鹌鹑蛋烧卖，很美味。鸽子蛋煮熟之后蛋白呈半透明，味道也特别好。

由鸭蛋变化出来的咸蛋，要吃就吃蛋黄流出油的那种。我虽然不喜蛋黄，但咸蛋的能接受。放进月饼里，又甜又咸，很难顶，留给别人吃吧。

至于皮蛋，则非糖心不可。香港镛记的皮蛋个个糖心，配上甜酸姜片，一流也。

上海人吃熏蛋，蛋白硬，蛋黄还是流质。我不太爱吃，只取蛋白时蛋黄黏住，感觉不好。

台湾人的铁蛋，让年轻人去吃，我咬不动。不过他们做的卤蛋简直是绝了。吃卤肉饭、担仔面时没有那半边卤蛋，逊色得多。

鱼翅不稀奇，桂花翅倒是百食不厌，无他，有鸡蛋嘛。炒桂花翅却不如吃假翅的粉丝。

蔡家桂花翅的秘方是把豆芽浸在盐水里，要浸个半小时以上。下猪油，炒豆芽，兜两下，只有五成熟就要离锅。这时把拆好的螃蟹肉、发过的江瑶柱和粉丝炒一炒，打鸡蛋进去，蘸酒、鱼露，再倒入芽菜，即上桌，又是一道好菜，但并非完美。

去南部里昂，找到法国当代最著名的厨师保罗·鲍古斯，要他表演烧菜拍电视。他已七老八十，久未下厨，对我说："看老友份上，今天破例。好吧，你要我煮什么？"

"替我弄一个完美的蛋。"我说。

保罗抓抓头皮："从来没有人这么要求过我。"

说完，他在架子上拿了一个平底的瓷碟，不大，放咖啡杯的那种。滴上几滴橄榄油，用一个铁夹子挟着碟，放在火炉上烤，等油热了才下蛋，这一点中西一样。打开蛋壳，分蛋黄和蛋白，蛋黄先下入碟中，略熟，再下蛋白。撒点盐，撒点西洋香菜碎，把碟子从火炉中拿开，即成。

保罗解释："蛋黄难熟，蛋白易熟，看熟到什么程度，就可以离火了。鸡蛋生熟的喜好，世界上每一个人都不同，只有用这个方法，才能弄出你心目中最完美的蛋。"

# 猪油捞饭

“猪油捞饭”酝酿长久，只听雨声，不知什么时候开店?

这家专门吃怀旧料理的菜馆,地点在九龙城启德道68号，云吞面老店“黄明记”的隔壁，出色的泰国菜馆“金不换”正对面。

“年轻人一听到猪油就怕，还敢开这种不健康的铺子？”有人问。

小本经营，便能反方向向前冲，集团式的，非走大众化路线不可。

菜单列出，用最高级蓬莱米炊的饭，只卖十二块钱一盅。猪油渣、雪里蕻炒辣椒，和一杯暴暴茶，完全免费奉送，是全城最便宜的一家了。现在随便吃个盒饭也至少要十八块钱，贵一点的二十五块，连早上喝杯奶茶吃片吐司，也要十五六块。

要丰富一点，可叫猪面珠墩、猪脑烧卖、榨菜五花腩等等较有特色的菜点缀，二十五块一碟菜。

煎五花肉也很精彩，是把拜神用的肥猪肉，用盐腌渍过后再煎之，实在简单之极，又是香喷喷的。

另外有一些像台湾街边小吃的白灼东西，如猪肺裙、猪肝、猪心、猪小肠、猪肚等，切片后淋上酱油膏，加点椒丝和大蒜，足以引人垂涎。

但是主角还是那盅饭，炊得一粒粒白白胖胖，热腾腾地站了起来，淋上猪油和特制酱油，是我们多久未尝的美味！

我们不忘记从前辛苦的日子，也不忘记慈母亲自下厨炊的白米饭。

何时开店？

有哪个日子好过母亲节呢？

# 鬼婆牛杂

离开东京，返港之前早上必到筑地鱼市场走一趟，对金枪鱼的拍卖我没兴趣，最爱吃场外小摊子的早餐。

“井上”的拉面最为精彩，一片片的叉烧毫不吝啬，铺完又铺，好像不要钱似的，汤底又熬得鲜甜，面条又细又弹牙，非吃不可！

但我早上的食量很大，一碗面是不够的，得先来一碗饭垫底，吃完再吃面，相反就吃不了那么多。

而白饭最好吃的，是走前几步，有一家人卖牛杂，档口摆了一个巨大的铁锅，里面的牛肠牛肚煮得沸腾，香喷喷。

可是那是最难吃的，说难吃，不是味道不佳，而是那个卖牛杂的老太婆，是一个世界上最没有礼貌的女人，看着她那副苦口苦脸，老不愿意卖给你的样子。本来应该吃不下的，但那锅牛杂实在诱人，硬着头皮也得光顾。

没有汉字招牌，只挂了一块布，日本叫“暖帘”，写着“KITSUNE YA”，狐狸屋的意思，不会看日本假名也不要紧，反正那锅牛杂会指路。

档口只能坐四个人，外面有一张长桌，让客人站着进食。那么小的地方，有三个人做生意，才能对付排着队来吃的顾客，可见生意多好。

二十年前我已被吸引，当年那个老太婆五十多岁，儿子三十。娶了个媳妇二十几，人长得真漂亮，皮肤洁白，明眸皓齿，只是命运没有安排她当电影明星。

她怎么勤力工作，家婆也看不顺眼，不是怨三怨四那么简单，总是破口大骂。儿子听在耳中，不敢作声，继续为客人添饭，我望着媳妇，寄予无限同情。

十年一下子过去，那档牛杂我吃过无数次，没有一回不听到婆婆骂媳妇的。中间，再也不见那儿子，会不会忍不下去找别的职业？我胡思乱想。

老太婆骂得更凶，不单指责媳妇，连客人也呼呼喝喝："只是牛杂不卖！要吃就要跟饭！"

或者，她指着贴在壁上的那块只有十一项目的小餐牌："卖的东西就是那么多，问三问四干什么！"

遇到洋人，和衣着不像日本人的异乡客，她总是以手背向外飞，大叫："走！走！走！"

老太婆从来不知道什么是熟客，不望人家一眼。媳妇见到我来了多次，认得了，但碍着婆婆在，不敢打招呼，也不敢以眼光接触。

这时她已步入中年，身材熟透，皮肤白里透红，只有那阵女人味，才能把牛杂比得下去。我一直想和她交谈几句，问问她先生去了哪里，但婆婆老是站在她身边，我吃过饭，扔下钱就走。

好歹遇到一次，家婆不在，我还没有开口搭讪，她已主动地跟我说："婆婆不是不做外国人生意，只是言语不通，怕得罪人而已。"

得罪外国人？她连日本人也得罪！见我不作声，她向我再三地道歉。

总得找个机会回敬，终于实现，那次我坐在档口，老太婆拿牛杂给我，一不小心，碟子摔落锅中，牛杂汁飞起，溅到我的袖子。

这回轮到我破口大骂了，我在脑中把日文转了又转，找不出字眼来骂人。日本人又没有粗口，马鹿野郎也不适合用在这家伙身上，忽然，我冲口而出："鬼婆！ONI BABA！"

日本人的鬼不是鬼。鬼在他们字眼中叫幽灵，而那个鬼字，是形容上身赤裸、腰缠兽皮、青脸獠牙的大汉，不恐怖。但从前有一部电影叫《鬼婆》，是讲一个样子长得又黑又丑的老女人，在我心目中，她就是那么又黑又丑！

咭的一声，我看到最美丽的形象，发自媳妇，她听到我骂鬼婆忍不住地笑了出来，那是我第一次看到她的笑容，听到她衷心的笑声。

笑声渐渐增强，原来是发自其他客人。

日本人有个天性，做错了事就是做错了事，不敢吭声，鬼婆不向我发作，转过头大骂媳妇，媳妇也不搭嘴，任由她谩骂。

像粤语残片，日历一张张顺水飘去。再过了十年，今天我又去光顾。那媳妇已四十几了，工作的操劳，令她脸上很快地多添皱纹，身体也开始发胖，失去了当年的神采，但也略施脂粉，样子还是好看。

我大咧咧地在档口前坐下，鬼婆没有认得我这个仇人，我向她要了牛杂白饭和泡菜及啤酒，看着媳妇那副委屈相，我准备一受鬼婆挑战，就向她再次开火。

好像感到那阵杀气，鬼婆今天默默地为我添饭，听不到她的骂声，又寂寞了起来。

这老家伙什么时候才死呢？我很少诅咒别人，但实在为那媳妇不值。大好的青春，就那么在这个小档口埋葬了，家婆的冷言冷语，大概已成了耳边风了吧？至此，不禁幻想她把我带回家，我们两人拿出利刀，把鬼婆斩成一块块，扔入锅中，牛杂从此更香，媳妇开连锁店，赚个满钵，也可写成一篇鬼故事。

回到现实我祝福她能等到那么一天，鬼婆不在身边，那时她快快活活地一个人卖牛杂，一定会整天笑个不停，永远不会成为第二个鬼婆。

## 南瓜食谱

曾经在《蔡澜食典》一书中提到南瓜。翻阅，发现菜谱有不足之处，当今补充。

先正名，若有个“番”或“胡”字，是经伊朗和印度传来。西瓜已有，为什么我们不叫东瓜或北瓜而叫南瓜呢？当然是由南洋传过来。

日本人叫南瓜 KABOCHA，而叫柬埔寨 KANBOCHA，也许也证实了原来在柬埔寨种的吧？我不是学者，姑且听之。

品种不少，绿色、鲜红和带斑点的皆有，但金黄色居多，叫为南瓜最恰当了。大起来有数百斤重，四个大人抱不起；小巧的有如玩具，苹果般大。也有圆形和瓢形，似柚子的，最适合做菜，可以去掉种子，刮下瓜肉，填入其他食材。

我们到菜市场去，常只注意菜心、芥蓝、白菜之类的蔬菜，忘记了南瓜。夏天，没有经过寒霜的蔬菜都不甜，是吃南瓜的最好时节。

记得小时候妈妈做的，切块后煎一煎，已是佳肴。南洋人还喜欢做好咖喱填入南瓜中，蒸熟或焗熟后捧到桌上，热腾腾香喷喷，印象犹深。

泰国菜的“荷月”就是一个例子，把鱼虾和贝壳类放进南瓜中，吃时发现南瓜好吃过海鲜。

但是做得最精彩的是台湾人的南瓜炒米粉，正宗做法，详细的过程如下：

先将南瓜刨丝，备用。南瓜丝分成两份：大的可以先炒至糊，当成汤浆混入米粉之中；小的那份后下，和米粉一起炒熟，只求扮相，不然看不到金色，就名副其实地“逊”了。

米粉要用新竹的细条米粉，浸一浸清水则可，不必用滚水泡。要泡的是虾米，泡完之水留着，如果炒米粉炒得太干时可以放下。

其他材料有肉丝、香菇丝和韭菜等等，不放也行，但豆芽不可缺少，椰菜也得加。上桌时可撒上爆香的小红葱头碎。

很少人懂得，但是炒南瓜米粉的精髓在于台湾人叫蚋仔的小蚬，去壳取肉，留汁，大量使用。

下油，当然要用猪油，爆香了蒜茸和虾米，将蚬肉、肉丝、香菇丝、椰菜丝和南瓜丝加在一起炒，炒至南瓜丝变成糊状，肉丝和小蚬的菜汁流出为止。

这时就能将米粉和小部分的南瓜丝放进锅中，勤力翻炒。有些人不用锅铲，以一双筷子将米粉分散，不让它黏在一起。

秘诀在于炒至八分熟时加泡虾米的水，另把易熟的豆芽和韭菜放进去，兜了一兜，上锅盖，让它焖一焖，焖至汤汁完全进入米粉之中。

打开锅盖，下生抽，再兜一下，大功告成。小蚬、猪肉丝和虾米丝加上南瓜，已够甜，味之素免用。

通常整桌菜，南瓜米粉最后才上，吃得再饱，看见这道，也要多添三大碗。

台湾人娶媳妇，先考她们炒米粉，普通炒米粉吓不倒奶奶，你们要是照我的方法炒个南瓜米粉，一定得到欢心，丈夫的，已生米煮成熟饭，讨不讨好不要紧，不过有这道南瓜米粉，任何人都会爱你。

如果嫌麻烦，就煮南瓜去也。用清水，水滚后把切块的南瓜放进去，要煮多少时间才熟？这完全看你家里的火炉有多猛，锅子有多大，南瓜的分量有多少，没有定法。但你可以一面煮一面用筷子插它，等到南瓜变得粉就行了。骗人的方法，可以在水中加糖，当大家问你南瓜为什么那么甜，你说用的是最贵的日本南瓜好了。

煎也容易，但记得要用猪油，一用植物油就不香了。最好是爆小红葱头片，广东人叫干葱的，那就会香上加香了。南瓜片别切得太厚，否则难熟。怎么才知道熟了没有？按照煮的方法，用筷子试呀。

南瓜磨成茸的做法更多，亦不难。放进搅拌器中打一打即是。西洋人最爱用来做汤了，一点本领也没有。南瓜已甜，连糖也不必下，他们会加奶油制成，洋厨最爱用奶油了，什么都加，唉。

我们做的南瓜汤，只要切片就是。切得很薄，煮个二十分钟，最后才把鱼片放进去煮。如果先把鱼骨、葱、姜熬一熬，先做好汤底，味道更佳。

南瓜粥和番薯粥有异曲同工的效果，切块煮之则可。要不然，学洋人磨成茸，放入粥中煮，滚后打了鸡蛋进去。搅匀了，两者皆为金黄色，非常悦目。要考究可铺上火腿丝，选最瘦最好的部分，用吃鱼翅时切丝的做法去做。

包成水饺的话，何必每次都是用蔬菜那么单调？把南瓜切丝，加猪肉碎、虾米，或鲜虾亦可，就是另类的水饺，做成锅贴亦然。

甜品更是千变万化了，莫说潮州人的南瓜芋泥了，上海人的八宝饭，也可以填入南瓜之中。南瓜也可以加糯米粉做成汤丸，颜色就和白的不同。

加西米可做布丁，当然不能忘记西洋人做的南瓜薄饼。

单单磨成南瓜汁，煮它一煮，就好喝过豆浆了。

## 山葵

吃日本鱼生，大师傅免不了捏一小团的绿芥末放在你的面前。

这种绿色芥末日本人称之为“山葵”，学名“山俞菜”，发音为 WASABI。

山葵是一种极爱干净的植物，它生长在瀑布或山泉之下，流水一污它便凋萎。样子像小烈的萝卜。皮陈黑，身碧绿。

一般的寿司店都以山葵粉对水搓成膏，高级餐厅采取新鲜的山葵在一片擦床旋磨，它有点黏性，磨出后捏团上桌。

通常客人会将它融化在酱油里蘸鱼生吃，它有一股冲鼻的辛辣，和辣椒、胡椒的辣味不同，非常之独特。

有些人会被这古怪味道吓跑，但一吃上口，越辣越好，向大师傅要了一团又一团，把酱油搅得像泥浆，既不美观，而且喧宾夺主，像是为了山葵而去吃鱼生。

山葵不只用来蘸鱼生，地道的日本面是没有味道的，靠一小碗酱汁和山葵佐食。缺少山葵，面便要大打折扣。

日本人用茶来泡饭吃，所谓的“御茶渍”。这种泡饭里也必须加上山葵。

另一种吃法是拿山葵的叶和茎切为碎片制泡菜，味道又辣又古怪，多数是和鱼饼一齐吃，叫作“山葵渍”。

适量的山葵能开胃，又能杀菌。吃得太多的时候，一股辣气冲上喉头，弄得你又流鼻涕又落泪。这本来是一种很难受的感觉，可是人就是那么贱，不但不避免反而吃上瘾。上了瘾，便不停地希望这股刺激再来，它好像冲到你的脑中，引起一个小核爆，说不出来的享受。

# 河豚

这种吃了死都值得的鱼，苏东坡也喜爱。日本人更好之，每年报纸上总看到有百余人吃海豚而毒毙。

大师傅至少要有十年以上的经验，方有资格杀鱼。学徒起初是洗碗碟，再派去送外卖，两三年后才让你碰到鱼。过程中，连师父的家务杂事都要在休息时间为他老人家办妥。

主食是切成一片片，薄如潮州鱼生，摆设为花瓣上桌。初试淡薄无味，一觉微甜幽香，便上了瘾。

另有将它的肝和腹部内层软皮切碎，加入葱醋与叫“枫落”的佐料，是至上的美味。

剪其鱼翅烤焦，闷入烫温清酒，下口一股腥味，细饮之又变成佳酿。实在是味觉的享受。剩下的骨头、鱼头加白菜熬汤，或加白饭和鸡蛋滚成泡饭。

昔日中国与日本的渔民在公海相遇，前者视河豚为怪物，后者认为黄鱼是贱货。互相交换，各得美味，为一美谈。

# 无酱不欢

余，好色也。这个色，可作《心经》中的色，也能说成色彩鲜艳的色。但当然，最后还是指男欢女爱的色。男儿负责传宗接代的使命，堂堂皇皇，光明正大爱做这回事，何必羞耻？不好女色，岂非变成了同志？

好色，广东话说成“咸湿”，但这两个字，在潮州话中则解释为孤寒。我本人的爱好是指前者，后者一点也搭不上关系。也一早宣告余之好色，免得其他人猜疑。

在餐厅吃东西时，女侍者为我在小碟中倒酱油，我一定会向她说：“多倒一点，我吃得又咸又湿。”

对方一定笑了。

的确，我吃得很咸，嫌一般菜不够味，必点酱油不可。我的“无酱不欢”指的酱，不是花生酱或 XO 酱，而是原原始始的酱油的酱，非常咸。其中也包括同样是提供了咸味的鱼露，北方人则叫为虾油。

为了证明我的确爱酱油，你可以到我厨房看看，一打开柜子，至少有数十瓶不同的酱油和鱼露，令人叹为观止。书架上，还有数本《如何制造酱油》的书，有朝一日，移民到充满阳光和橙的加州，就自己做起酱油来。

我一向认为做什么菜用什么酱油，不能苟且。海外开中国餐厅，广东菜用广东酱油，北方菜用北方酱油，一定经由厨子的故乡运到，一用不同的，马上变得不像样了。而且，酱油并非贵货，老远运来也不花几个钱，这也能代表做菜的认真，不可缺少。

我家的酱油，最常用的是新加坡产的“大华”酱油，当地人叫“生抽”为“酱青”，“老抽”为“豆油”，我在新加坡出生，做起家乡菜，我得用那边的酱油了。

另一种爱用的是日本酱油，我在那里生活了八年，多少受影响。从“万”字牌最普通的酱油用起，到点鱼生吃的“溜”酱油，至少有数十瓶。“溜 TAMARI”是壶底酱油的意思，味道带一点甜，用来点鱼生。而我做中国菜有时也用日本酱油，主要是日本酱油经过火煮，也不变酸，做红烧肉最为适合。

来了香港，当然蘸香港酱油了，“九龙酱园”的产品，我经常有五六瓶备用。广东人才分生抽和老抽的，其他地方人根本听不懂，只知一种是浓一种是淡，讲起第一次由豆浆中挤出来的头抽，他们听了更摸不着头脑。

当然有很多其他牌子，但是“九龙酱园”是可以代表香港的，它的老抽非常之香浓，而且带有甜味，比日本人的“溜”好得多。至于生抽，也很有水平。

香港的食材，有九成以上靠大陆运来，酱油也不例外。来到香港，第一次接触到的内地酱油，就是“草菰酱油”了，它是属于又黑又浓的老抽品种，有没有加草菰可吃不出。带甜，糖是一定下了，我也爱用至今。

我吃的酱油并不一定是一味死咸。带甜的，不管是天然由豆中产生，或者加糖，我都不介意，全喜欢。

甜这个字，广东人有时作“甘”，这个甘并非一味指甜，像吃苦瓜时吃出的美味，也叫“甘”。名副其实地甘的酱油，我也爱吃。台湾“民生食品工厂”制造的“壶底酱油”，是我餐桌上必备的其中一种，它下了甘草，所以有甘味，一瓶小小的，像 TABASCO 那么大，卖得相当贵。有次我自己用甘草和普通生抽来炮制，也有同一效果，不过酱油能吃多少呢？贵就贵吧，到台湾旅行时就入货，没有断过。最近这公司又出产了一种叫“炭道”的系列，说是用青仁黑豆，经长时间储荫，以特殊酿造方法，取壶底油浓缩之纯正壶底油精云云。说了老半天，还是在酱油中加了甘草和糖罢了。

餐桌上另一小瓶，是越南的鱼露，双鱼牌，有六十巴仙的浓厚，倒出来黏黏的，像糖浆，味道十分强烈，不是一般人受得了。如果你嫌太腥，那么买泰国的鱼露好了，我也时常用，要认明是“蓝象”牌才好。

香港的鱼露厂已快绝灭了吧？从前有好几种水平都很高，当今找不到了，仅存的有“厨师牌”鱼露，由李成兴鱼露罐头厂制造，味道属于泰国式的淡，不是越南式的浓。

做东南亚菜时，当然用当地酱油，像印度尼西亚炒面，就得去买他们的 ABC 牌子，叫为 KECAP MANIS，是种甜酱油。印度尼西亚人最初不会分辨甜酱油和西红柿酱，所以名字上用了茄酱的同音字。印度尼西亚炒面少了它，就没有印度尼西亚味，不好吃了。因为它又甜又浓，价钱又便宜，许多卖海南鸡饭的铺子，都用印度尼西亚酱油来代替新加坡酱油。

其实鸡饭酱油是海南人做得最正宗，他们有秘方，不公布。我的海南酱油是新加坡“逸群鸡饭”的老板送的。我们互相欣赏，因为我喜欢，他就给了我一个油桶那么多的酱油，吃到现在还用不完，真谢谢他。

酱油实在是一个非常有文化的国家的产品，非原始的盐可比。任何难吃的东西，有一点上等的酱油，都变成佳肴。但是，遇到巧手的主妇，根本不用点酱油，像妈妈这一类的人物做的，咸淡适中，酱油都失去了作用，不过当今能尝到不点酱油的菜，少之又少。所以，厨房中还摆着那么多瓶的酱油。

## 驿便当

爱旅行的人，在日本吃驿便当是一种享受。驿便当一定要在火车上吃，而且还要火车行走时，乘客身体摇动时，一面吃一面看风景时，才有味道。火车一停，大家的筷子也停。

最普通的便当是用一薄木盒子装着，先打开外面一层印刷精美的包装纸，里面有一双木筷，翻开盖子，盒里分三格：一、鱼饼，烤猪肉，小鱼，蛋块，竹笋，昆布卷；二、咸萝卜干，腌白菜，清黄瓜，还有一小瓶酱油；三、白饭，上面撒了些芝麻，中间点着一粒红色的小酸梅。

这盒便当分量本来就小，吃的人还不一口吞下，把那一小块菜咬一半，留另一半轮流着吃。和便当一起来的是一个陶制的小茶壶，盖子也是杯子，翻过来注入茶，一小口一小口地细饮。

现在的驿便当，菜色一样，但容器都已改成塑料，火车也以电行走。真想经间隧道，火车变成蒸气，驿便当像从前那么好吃。

# 入门

初吃日本料理大多数人不敢吃生鱼，先从锄烧SUKIYAKI吃起。牛肉味香，蔬菜可口，并有大条之粉丝，还觉不错，只嫌它的糖下得太多。继之尝烤鳗鱼的蒲烧，一面吃一面把鱼骨从口中挑出，还是和锄烧一样，太甜。

胆子渐大，试了一口软绵的MAGURO，这是生鱼中最下级的鱼片，没有太过厉害的腥味，但是否会生虫？心中有点发毛，也并不觉特别好吃。

渐渐地，转吃一些生的贝类，如血蚶，咦，怎么那么爽甜？进之吃鱼拔蚌MIRUGAI。简直是令人垂涎。又重新尝MAGURO，已比较从前好吃得多，再来一片上等的TORO。唉，如吃肥膏，天下岂有此等美味？

这一下子，你便上瘾了。

找其他日本料理来吃，吃来吃去，最没兴趣的是他们的天妇罗。

炸虾、炸鱼、炸蔬菜，一层厚面粉包着，油腻腻的，有什么好吃？我家炸的比他们还好。

一听到朋友要请去吃天妇罗，马上摇头摆手。

但是，当你尝遍了日本料理的味觉之后，你才知道，天妇罗，是吃日本菜的最高境界。

# 田鸡吾爱

一叫为青蛙，便让人想起癞蛤蟆，引起鸡皮疙瘩，没人再敢去吃了。

但一叫为田鸡，印象即刻便转了过来。鸡嘛，已经好吃，田里的鸡是怎么一个味道？试食之后，便知道比鸡肉更柔软，口感介乎肉和鱼之间，甜美无比。

不敢吃田鸡的人，请别再读下去，否则愈来愈恶心，但像我这样一爱上，就想知道更多田鸡的吃法。

当今已罕见，从前我们在宝勒巷中的“大上海”，侍者欧阳会献上一个筷子纸套，打开来里面用钢笔写着各种的食材，是最新鲜最当造的，其中一项，是樱桃。

樱桃就是田鸡的大腿，拆去其他部位，剩下的就是这一块圆圆的肉，再用浓油赤酱来炒，似乎吃到樱桃的样子和甜味，是我最爱吃的一道菜。

台湾人也喜欢以田鸡入肴，做出一杯酒、一杯盐油和一杯醋的三杯田鸡来。四川人有宫保田鸡和水煮田鸡。广东人也有姜葱田鸡，和用黑木耳、香肠、金银花干蒸出来的田鸡。

把田鸡的胃集中起来，数十个胃才做成的生炒田鸡扣，也是正在绝灭中的佳肴。

另外有一道，做法和样子都像咸鱼蒸肉饼，但用的是六成猪肉四成田鸡肉，香甜无比。

越南菜中，有香茅田鸡这一道，用青椒丝、大蒜、洋葱、椰浆、香菜、胡椒等来焗田鸡，当然不可缺少的是他们最爱用的鱼露。

泰国菜中吃过的有青胡椒炒田鸡，成熟的新鲜胡椒一粒粒在口中爆开，配上甜美的田鸡肉，令人回味无穷。偶尔，泰国人也用青咖喱来煮田鸡。

但在世界上所有吃田鸡的国家中，最普通的做法是把田鸡炸了，就那么吃，中国人美名为椒盐，其实也是炸。炸田鸡是最没趣的了。

西方人之中，田鸡吃得最多的是法国人。英国佬认为发不出音的菜全部不可吃进口，田鸡？这简直是不可思议，法国人也吃？就叫法国人为田鸡了。

可怜的英国人实在不会吃，田鸡在法国被发挥得淋漓尽致，一道又一道的佳肴，都以田鸡为食材。据报告，法国人每年要吃三至四吨的田鸡腿，相等于六至八千万只田鸡。法国人口六千万，每年每人都要吃一只，田鸡被吃得近乎绝种，最近已有法律禁止捕捉，你到法国，吃的可能是印度尼西亚进口的田鸡。

但是禁归禁，法国东北部池沼多，田鸡的产量还是很大的，运去最会弄田鸡的南部普罗旺斯，就成为国际名菜普罗旺斯田鸡腿 FROG LEG A LA PROVEHCALE 了。

英国老饕彼得·梅盖在他那本散文集《法国课》中写道，他参加了维泰勒地区一年一度在四月底最后一个星期日举行的青蛙节，所有餐厅都做青蛙美食之外，还竞选青蛙小姐呢，当然她们的腿和青蛙一样长，样子没那么丑罢了。

梅盖还说在青蛙节中听到一个故事：一群装修工人到了当地，住进一间旅馆，出来散步，发现酒店后面的池塘有大量青蛙，抓了几百只放进塑料袋中，准备带回家烹调，但先去外面吃晚饭。

这时青蛙从袋中跳了出来，地毯和被单上都有青蛙足迹，但它们肚子饿了，总得找东西吃，枕头可吃不下去，最后吃的是墙纸，因为用糨糊来涂，空气一湿，墙纸发霉，再没有比这更美味的了。装修工人回房，大吃一惊，花了一个晚上，赶紧把青蛙抓回，酒店经理翌日在他们退房后进去一看，发现一半墙纸不见了，到现在还破不了这个谜。

文章里倒没有提到法国人怎么吃青蛙，依我个人经验，他们也多数是炸的，最后淋上一层很浓的奶油酱。但也吃过最佳的煮法，那是生煎：把青蛙大腿的肉剥开，推到骨头底部，做成雨伞状，然后用橄榄油煎它一煎，就那么上桌，碟中被十多条青蛙腿围成一圈，又用菠菜汁点缀成图案，吃时把骨头当牙签，用手指抓来送进口，至今还没有忘记这个美味。

另一次是在普罗旺斯的一家很别致的小餐厅，老板娘是一个大肥婆，她亲自下厨，为我煮了一个普罗旺斯式的田鸡腿，也是用大量奶油淋煎田鸡腿，但那奶油的味道从来没试过那么好的。我把田鸡腿的肉啃光，再吸浸入到骨头的汁。她看了大乐，把我抱了起来，说要做我的情人，我见状不妙，逃之夭夭。

但说到天下最美味的田鸡，那就是在香港“天香楼”做的熏田鸡腿了。食材用的是印度尼西亚田鸡，那才够大只，那么粗壮的腿，朋友们看了都大叫：“真是像游泳健将！”

肉吃进口，一阵阵的烟香，加上田鸡肉的鲜美，真是一流，若嫌味淡，可点些盐。

以为做法复杂，从没尝试炮制。最后忍不住，要求店主和大厨让我学习，他们大方答应。原来是用一个大铁锅，铺上锡纸，就当成熏锅了。锅底放白饭、茶叶和糖，猛火烧之。这边厢，把田鸡腿用上汤灼过，九成熟，就可以放进熏锅中。上盖，不到几分钟，看到从锅边发出绿色的浓烟时就可打开。里面的熏田鸡腿已变金黄，色香味俱全，天下没有比这更好的田鸡吃法了。

## 彩虹餸

“你是不是真的会烧菜？”到现在还是有人这么问我。

烹调不是什么高科技，只要一点点的好奇心就能学会。是的，我懂得煮几味。烧得好不好？是问题。

有一次看到黄永玉先生在香港的画室，屋中有个半开放式的厨房，灶头火又很猛，就下手。黄先生一家、黎智英兄一家和苏美璐都试过我的手艺，问他们就知道。

被人家请客时，最怕主人家躲在厨房拼命烧，我们做客的吃得不安乐。基于此，我做菜时，和大家聊聊天，喝喝酒，走进去一会儿就捧出一味新餸来。男人做菜，有三个条件，那就是快、狠、准。

当然事前要做很多准备工作。像汤，可要花时间的。用一个双层的搪瓷铁煲，底锅盛水，待滚，就可以把上面的锅装进去，这种煲做出来的汤是炖的，很清，一点也不浊。锅中放瑶柱、萝卜和猪腱。炖个两小时，上桌的汤一定又清又甜，不可能失败。

如果客人杀到你家，没时间准备的话，那就要做急就章的皮蛋香菜汤了。

小锅注满水，开猛火。这边厢将草鱼切成薄片，皮蛋一个，水一起泡，把材料放下去滚，最后下大量香菜，即成。这时汤呈绿色，又甜又香，不必下味精。此汤又能解酒，最适合刘伶。

用猪肉做材料，有时间的话，先选一块上斜腩，这是由猪的第一节排骨算起，第六、七、八节骨外的肉最好吃，是外国人用来做培根的部分，拿来红烧，放生抽和一点点冰糖，也是很容易成功的一道菜。要烧多久？那要看你的炉的火力而定，一闻到香味再烧半小时，错不了。

没有把握用肉青好了，这块猪面上连着颈项的肉，炒得老一点或不够火都好吃。我几十年前已大力提倡，当今大行其道，大家叫它猪颈肉，不如肉青好听。

单单用蒜茸来蒸肉青，或者炒豆豉，都很可口。要不，将榄仁、红辣椒、薯米、肉青切粒，加点面酱，一块混着来炒丁，很快就完成一道好餸。

至于牛肉，要先到肉档订一块肥牛，找不到的话去冻肉店买好了，当然不及新鲜的。灼肥牛这道菜可很迅速地完成，但有几个秘诀一定要遵守：一、切牛肉必须将纹理切断，否则多好的肉都会韧；二、即灼即捞，把水滚了，加酱油和南姜粉，放入牛肉，不必等再滚，即刻捞起备用。这时将香菜和豆芽准备好，汤又滚时下锅，再滚，菜已熟，这时再将牛肉放进去，熄火，即能上桌；三、用万字酱油，其他的滚后变酸。

客人忽然来多几个，材料准备不足时可用罐头充数。罐头都有罐头味，除了中国“默林”牌的红烧扣肉和油焖笋。倒进锅子一块炒，炒至汁剩下一点点就能上桌，再也简单不过。

不然，把冰箱中的冻鸡在微波炉中叮一叮，斩件，开一罐“光”字牌的瓜仔，倒进锅中和鸡一齐慢慢煮，愈煮愈有味道。这是台湾名菜之一——瓜仔鸡锅，从前在酒家中喝老酒时学到的。

吃到这个阶段，已饱饱，非刺激一下不可。把红葱头，广东人叫为干葱的去衣后切成薄片，同样炮制黄瓜、洋葱和朝天椒，加糖、盐，用手捞匀，上桌前挤青柠汁进去，这时甜酸苦辣错综，有如人生，一定让胃口起变化。

下来可蒸鱼，用咸酸菜煮鲳鱼，上面再铺几丝肥猪肉和冬菇，淋上点酒，蒸一蒸，即成。

拿尾活鱼，剖开肚，洗净，把咸鱼切片塞进去蒸，这道菜有个花名，叫“生死恋”。

每个人家里的煮炉和器具都不同，鱼大小也不一，蒸鱼最考功夫，第一次失败，第二次失败，第三次总会成功。技巧靠经验和实践，别无他途。

如果第一次就想有点成绩，那我劝你别蒸鱼，煮鱼好了。用个锅，放日本清酒和水，每种一半，加点酱油和姜丝。滚了，把鱼放进去，刚刚够熟就可以拿来吃。煮鱼和蒸鱼不同，前者可以用眼睛看着，只要鱼本身是活的，蒸或煮，都很鲜甜。

我在一本叫《饮食男女》的杂志上有一页示范烧菜的地盘，太传统或家常的菜大家会做，总要想些古灵精怪的，但绝不容易，有时想爆了头也不知弄些什么。

和友人聊天，会有灵感，金庸先生说他父亲常烧的欢喜蛋，用鸡蛋、咸蛋和皮蛋。将蛋煮熟，切开两边，一边酿入狮子头式的碎肉，洒上酱油和绍兴酒红烧，果然制成一味失传的菜。

再想不出时，往菜市场一走，看到新鲜上市的材料，就知道要烧些什么，但也选些较为冷门的来介绍。像芥蓝的头，有柚子般大，将它切丝来炒，比普通芥蓝好吃得多。

走过牛肉档时，看到牛的大腿骨被弃一旁，请肉贩将两端锯开，成为一个小咖啡杯状，撒上盐，放进烤炉三分钟，拿出来用小汤匙吃它的骨髓。拍照片的记者啧啧称奇，其实这种做法在法国南部的普罗旺斯很普遍，抄袭罢了。

做菜最好天马行空：牛骨髓是白色的，再用豆腐和蛋白来蒸，最后把白韭菜切碎铺在上面，四种东西完全是白色。记者问菜名，我说叫白餸可也。

如果用冬菇、发菜等做出来的，可叫黑餸；黄餸有鸡蛋、菊花；红餸有西红柿、辣椒；绿餸有菠菜、荷兰豆等。加了起来，有七种颜色的话，就可以炮制出一道彩虹餸了。

# 水果随想

我对水果的定义是非甜不可，如果要吃酸的，我宁愿去啃柠檬。

什么水果一定是甜的呢？马上入脑的是水果之王榴梿，它的糖分应该是果中最高的吧？

至于果后山竹，就有时酸有时甜了，从外表很难看出，只有种植的人知道哪一棵树长出来甜，水果树中也分贵族和平民。

木瓜有甜和不甜的，绝不会酸。橙也是有酸有甜，和苹果一样。最甜的橙样子奇丑，可以说越丑的越甜，墨西哥红橙、泰国的绿橙都甜。苹果酸起来真是要命，那品种是给人用来做苹果派的，不能生啃。但最甜的苹果也不能采下来就吃，有些要存上几个星期至一两个月，待糖分氧化后才美味。日本人干脆把蜜糖注射进苹果，包甜。

对于这些有酸有甜的水果，你要是问小贩："甜吗？"

"甜！"他们肯定回答。

结果上当居多，明明知道这是天下最愚蠢的问题之一，但是很奇怪，下次遇到又再问了。

最后，大家都去买日本水果，因为质量有信用。在九州岛生产的杧果，一颗要几百块港币，都照掏腰包。其实有多少人吃得出那是日本杧果？台湾也产同样的，还给日本果商拿去鱼目混珠卖给同胞呢。

最搞不懂的是日本樱桃，用精美的木盒装着，表面有片玻璃。数它一数，不过是三四十粒，竟然要卖到三万日元，合二千多块港币。也有笨蛋买了，送我一粒，一口咬下，是酸的。

同样价钱可以买到十盒澳洲塔斯马尼亚产的樱桃，又肥又大，一盒上百颗，甜得要命，但要选黑魔鬼牌子的才好，其他有的也很酸。

澳洲在地球下面，与世界的四季相反，所以香港人有福了，在没水果的季节里，我们可以在冬天吃到荔枝龙眼，听说他们正在研究榴梿，好像还没成功。

当今马来西亚的榴梿树也变种了又变种，一年从头到尾都有得吃，只是不香而已。又据说已经接了枝，榴梿树都长得很矮，再也不会从高处掉下。马来西亚种的树上熟而落地的，与泰国的摘取不同。

澳洲也有包甜的水果，那就是广东人叫番鬼仔荔枝的，潮州人称为林檎，英文名字 CUSTARD APPLE。它长得又肥又大，像颗小柚子，最甜不过，也是我最喜欢的水果之一。

从前泰国的比马来西亚的大，但与澳洲的一比又是大巫见小巫，当今连泰国人也要把澳洲种移植过去种出更大的了。台湾人把它拿去和菠萝混种，长出更大更绿的，叫释迦，因为和佛祖的头发一样。

南洋有种水果，一味是酸，干脆取个 SOURSOP 的名字，中国人叫它红毛榴梿。身长幼刺，绿皮，形状似杧果，长得比杧果大五倍左右，切开，肉白，内有黑核。很奇怪，这种水果后来也长出甜的来。

像火龙果，越南产的皮红得发紫，肉灰白，有细核，但不甜不酸，毫无味道。变种后，全身和皮一样红了起来，带了一点糖分。但是来自哥伦比亚的火龙果，黄皮，肉甜得漏油，也是我喜爱的。做香港人真幸福，还能吃到南美水果呢。

奇异果的老祖宗来自中国，有点难以置信。当今在新西兰开花结果，全国皆种，新西兰人更自豪到称自己为奇异人 KIWIS。初尝此果，酸到五官都皱在一起，数十年都不敢去碰，后来变种，长出黄金色皮的，多次被劝，才试了一口，果然甜似蜜。

欧洲的水果都偏酸，只有梨比较可靠，不会上当。吃自助早餐时，水果我一定挑西洋梨。西洋梨在东洋发扬光大，日本山形县出的更香更甜，用的是法国种，为了纪念祖先，称之为 LA FRANCE。

任何水果，一来自日本就是贵、贵、贵。我反对违反大自然地把西瓜变方、变成人面、变成金字塔形，但在宣传上是得到其功效的。温室种植无可厚非，从前日本的越后是个被风雪冰封的不毛之地，当今有了温室，种出多种甜蜜的水果来，养活不少人。

在冬天是没有水果的，日本果农团结起来，在夏天不种草莓，到了天寒才在温室中培养，让大家可以吃到又肥又甜的，这点可以赞许。

至于粉红又大如孩子脸的富士苹果，市面看到的，也多数是由大陆供应。最初样子像，但味不佳，如今已改良得和日本的一样。其他品种的水果，也都在国内大量种植，凡是有钱赚，为何不赚？地多的是。

苏美璐女儿阿明来港时，我最喜欢买砂糖橘给她吃，这种貌不惊人的小果实，吃起来名副其实，砂糖一般甜。近来在街市走，已经满街是砂糖橘，十块港币四斤，扔下二十大洋，一大包抬回家。一吃，什么叫砂糖？酸死人也。那是大量种植的后果，又不知道施了什么乱七八糟的农药，搞出个变形怪物来。

“为什么砂糖橘不甜？”我问小贩。

她笑着说：“只有广东四会的砂糖橘才甜，现在的也不知是不是北方的原野种的，当然不甜啦。”

“那么哪里可以买到四会的砂糖橘？”

小贩又笑：“人家大陆有钱，自己人都在抢购，什么时候轮到香港人吃？”

听了沉思甚久，刚才说的香港人真幸福，什么水果都有得吃那句话要收回来了。

陆

# 一刹那光辉，总比一辈子平庸好

娱乐圈中的人都明白，
蜡烛要烧点两头更明亮的道理。
一刹那的光辉，总比一辈子平庸好。

# 放舟

"那时候，我们夜夜笙歌，"冯康侯老师曾经告诉我，"乘着珠江上的花艇，每一道菜都是那么精致，连水果也不是水果。"

"什么？"我们惊讶，"水果不是水果？"

"是的。"老师说，"水果是用糕点做的，样子像水果罢了。"

当然不是泰国那种，应该很好吃。

我对珠江的花艇有无限的向往。

油麻地海边有过一阵子，避风塘也维持了甚久，都是抄袭昔日的珠江，俱往矣。

现在从白天鹅宾馆的窗口望下，广州人说当年的花艇就是停泊在这里。

一下子想到老师和他的友人在船上喝手揸花三星白兰地，多年的质量，醇过 EXTRA。

船上的夜宴，和岸边的餐厅完全是两码事。摇摇晃晃，有些人不喜欢，我认为是助人入醉的享受。

要不然古人就不会在船上吃东西，他们设宴的地方一定有道理的。“簪俎交映，歌笑间发。前水嬉而后妓乐，左笔砚而右壶觞。”写的就是这处境界。

从前去广州印象奇差，车站旁边挤满了外地人，什么事都不做。交通阻塞，由一地到另一地至少浪费半小时。

现在都改善了。大城市风范犹存，广州实在是个好地方。二沙岛的房屋，3000万人民币一栋，也有人买。

政府花大量税金，把珠江边的树都用绿色灯光照亮，但行人反而稀少。

如果纯用这笔钱去把码头做好，引商人来投资花艇，即刻能创出另一个旅游点，何乐不为？相信是迟早的事，环保友人又有话说了：“把废物扔入江中，又成臭水。”

人民生活质量提高，当然自律，不必顾虑那么多，先做了再说。到时你找我作乐，请李白、苏东坡、刘禹锡作陪，不亦乐乎。

## 捕蝉

谈到抓蝉，想起很多年前我在京都和一个友人去捕蝉的事。

炎热的夏日，我们在杉林中散步，笔直的树身，阳光经薄雾射下，一副副构图极优美的画面。

朋友走到长满羊齿植物的山边，拨开树叶，抓到他的第一只蝉。

把蝉装进一个布袋，继续前走，蝉在里面大叫，鸣声引起左边右边的树上其他的蝉噪。

找到一棵不太大又不太小的树，友人拿着他带来的棒球棍子，大力往树干敲去。震动之下，噼噼啪啪，由树上掉下十几只巨蝉，有的还打中我的头。

朋友随即将它们装入袋中，一路上依样画葫芦，已捕获了几十只，蝉在袋中大叫，我们的耳朵快要被震聋了。

走到一旷地，朋友蹲下起火，火势正好时，取出一管尖竹条，将那些蝉一只只活生生串起来，放在火上烤。

一下子，整串的蝉翅起火，身上的细毛也焦了，滴几滴酱油，继续再烤。

阵阵的香味传来，我抓了一只细嚼，那种味道文字形容不出。

人生的道上总要试试未尝过的东西，再灌几瓶清酒。

蝉，比花生薯片好吃得多。

# 风铃

天气冷的时候就想起夏天。

代表暑日的是风铃。

风铃由中国人发明，日本人较中国人更喜欢这个闲情的玩意儿。就算狭窄的住居，总要在屋檐下挂上一个。

辞书上，风铃出自风铎。铎者，大铃之意。风铎多数是挂在寺庙外。一休和尚在他写的《狂云集》里有首以风铃为题的诗，描述老和尚在午睡，被风铃吵醒。

十八世纪的文物中也记载过小贩们在担架上缚着风铃叫卖面食，称为“风铃面”，可见风铃是平民的玩物，并非一般士大夫专有。

印象极深的黑泽明利用风铃表现人物心中的杂乱。在《赤胡子》里，镜头推到一摊风铃档，几百个风铃一起响声大作，震撼力极强。

风铃的形态很多，最普通的是个铜钟，里面的铁挂着一片长方形纸条，纸条上用毛笔写上俳句，我喜爱的一首是：“她，是不是一个住在风铃里的女人。”

# 成仙

“吃饭的地方附近，有没有波子机打？”日本旅行团的一对夫妇问我。

“你们说的是 Pachinko？”我说。

他们点点头。

波子机我年轻时也玩过，一粒粒发亮的铁珠，左手塞进机器，右手按着手制弹出去，瞄准了角度便进洞，跟着稀里哗啦地掉出数十粒，愈进愈多，几百到几千粒波子，可以拿去换礼物，拿了礼物，再到后巷中换钱，是种变相的赌博。

“应该有，”我说，“不过商业街中愈来愈少了。”

“为什么？”他们问，“这种游戏永远不会衰退才对。”

“都搬到乡下去了，效外一间巨型的波子机店，有的建到七八层高，停车场可以泊几百辆车，二十四小时营业，让客人安心地打个痛快。”我解释，“不过新的机器不谈技术，自动地替你打，已没从前的好玩。”

饭后散步，带他们找到一间，这对夫妇看见了即刻欢呼。

“你们上去打，一定大赢。”我说。

“你怎么知道？”

我微笑不语。

赌博这件事总要让大家赢一次才会上瘾。它还有一个很强烈的诱人因素，那就是愈输愈勇，人类的个性是不言败的。

第二天遇到他们，垂头丧气。

“怎么，输了？”我问。

他们的表情即刻一振：“今晚再博过！”

换一个角度来看，花几十几百去买一个美梦也不是坏事，只要大家知道什么时候停止。

我们都不知道什么时候停止，包括恋爱，非常伤身。不知道什么时候停止，吃白饭也会吃死人。知道怎么停止，我们就不是人，成仙了。

## 八公前

朋友、情人约会，常因等错地方而误事。刚到东京，乌龙同学叫我在新宿的一间大厦门口等他，我说人生地不熟，有何特征？他答道屋顶上有一个很大的啤酒杯广告。我有印象，便前往。一到新宿，四处高望，见数间大厦楼上至少有五六杯大啤酒，即刻晕倒。

在东京，只有一个地方不会搞错，所以相邀时说："八公前见。"

阿八是一个教授的爱犬，主人每天到大学上下课，阿八定时定刻到车站迎送。老教授一天去世，狗不知情，但它念着旧主，每日仍在车站前徘徊。日人感动，就在这涩谷的车站广场为阿八做了一个铜像，称它为"八公"。

现在的情人，地点虽然无变，但时间却出毛病。我站在八公前，周围见到许多人在焦急地踯躅。他们还是那么年轻，那么美好，为什么要这样互相折磨？等人实在是一件痛苦的事，让人等难道也能安心吗？仔细看八公的铜像，它的眼睛和嘴角，发出的是微笑还是讥讽？

# 美妙

现在我人在日本和歌山的白滨，望着海写稿。由一片漆黑到逐渐变为紫色、浅蓝、带黄，古人所说的鱼肚发白不是很正确，如果每天看日出，你会发现有其他颜色，但就是不白。

山迭山、云迭云，以为是一片同样的颜色，但其中有它的层次，分出远近。

微风吹动了海面，这是一个湾，像湖泊多过大海。无数的鱼排，用来养殖生蚝。渔船从中间穿过，一艘二艘三艘，数个不清，是辛劳的渔民出海的时候了，反方向是捕捉乌贼的船归来，一艘船中有几十盏大灯，不吝啬地亮着，反映在海面上，一艘变为两艘。

选择这段时间工作，主要是被日出吸引，别人以为难得的美景其实每天存在，不管是在山中或者闹市，都是一天最纯洁的时候，你已经有多久没有看过日出？

海鸥追随着渔船，渔夫将卖不出的杂鱼扔给它们吃，大自然之中，一点也不浪费。

群山发出烟雾，是太阳的热量将露水蒸发，原来一切都在蠕动。海面、飞鸟、归舟、云朵，没有一种现象是静止的，除了遥远的房子吧？但也看到灯火一盏盏熄灭，又动了起来。

一日出，大地由童话变为现实。渔夫们抱怨所捕鱼渐少，年轻一辈不肯继承父业。海面上有时看到一层薄薄的浮油，从什么地方飘来呢？巨轮摩多的残余吧？那么鱼排下养的生蚝还能吃吗？

正感到绝望，天又渐渐转变颜色，古人说天黑了。当今的天，被城市之光照亮，只见蓝，就是不黑。这天地，不黑不白，剩下灰色。

但又是写稿到天亮，大地回到童话世界，天真无邪。海鸥群中，有一只老鹰，那翅膀是多么坚强巨大，是不是可以把我载走，飞向太阳？活着，还是美妙的。

## 重现避风塘旧梦

好像已经是半个世纪以前的事。

一到夏天太阳下山，我总在怡东酒店顶楼喝几杯马提尼，欣赏灿烂的晚霞之后，有点醉意，乘电梯下楼，走过会议中心，门口侧边的建筑物中有一道铁门，很少有人知道。打开了，经些梯阶，就看到很多直通的水管，从透视的角度看来，像斯坦利・库布里克的《2001・太空漫游》的机舱走廊，又似 007 电影中出现的秘密隧道。带友人走进去，都会感到新奇和兴奋。

本来，刚好是太古公司开中午礼炮的地方。一群艇家女出现，把客人包围起来，要你们租她们的小艇出海。

熟悉的一位名为大眼，名副其实眼睛大大的。大眼只负责拉客的工作，至于要租什么艇就由她分配，她知道我爱乘的是条叫“孖女”的船。当年的船只都是住人的，孖女一家四口在船上生活，到了晚上把客厅献出来。

客人坐好后，孖女的母亲就把小艇撑到避风塘中，船很宽阔，摆了一张方桌，可坐 8 个客人，有个小马达发电，我们一上船就把灯打开了，表示这艘船已经出租。

喜欢孖女，是因为看着这对孪生女孩的母亲一面招呼我们，一面督促女儿的学业。小女孩们戴着很厚的近视眼镜，低头做功课。

凉风吹来，远处可以看到另外一条小艇。一看，船上卖的是各种饮品，很受欢迎的是叫“Mateus”的Rose，俗名为“码头老鼠”，冷冻了很容易入喉。当然，名厂白兰地不乏，当年是喝白兰地的年代，友人相聚，第一件事是把一瓶 X.O. 摆在桌子中间。

夏天产荔枝和龙眼，一买数斤，请船家用冰冻起来后就把船撑开了。

小菜和粥面，由一艘叫“兴记”的艇供应，白灼粉肠、蚝油韭菜花的味道记忆犹新，也少不了叫一碗最地道的艇仔粥和烧鹅濑粉。

大菜则是“嘉记”和“汉记”的著名避风塘炒螃蟹了。香味一阵阵传来，要到炒好了才靠得近这两家人的船，否则会被那蒜头和朝天椒熏出眼泪来。

一曲江南小调，原来发自一艘唱歌的艇上。靠近了，问客人要听什么就唱什么。那时流行一首叫《Sunday Beautiful Sunday》的，客人要求，小艇上的姑娘也懂得，唱出来的，是一首像粤曲般的英文歌，那个 Day 字，拉得长长的，还有点鼻音。

水果已冰凉，送上来大嚼一番。

在一片欢乐中，我们度过无数的晚上，还记得有人在艇上大打通宵麻将呢。多少远方客人陶醉在此夜曲中。

避风塘这种艇家的传统，来自广州珠江畔的花艇，内地人来到香港，不能回去了，就把这个旧梦在铜锣湾重现，在油麻地也做了同样的生意。当年还有些艇家，竹篷外站着水上姑娘，接了客就把布帘挂下来。也不赶时间，让他们摇摇晃晃中进入温柔乡。

先是油麻地的避风塘消失，数年后，铜锣湾的也因污染问题而被禁。多少远客为了不能重游而唏嘘。

我们，到了夏天更是寂寞。

一直怀念避风塘的轻舟荡漾和尝过的美食。当今内地开放，夏天珠江畔的花艇就停泊在现在的白天鹅酒店旁边，我为此努力不懈，要求该酒店重现当年风光，它一定能成为一个旅游重点，可惜却因为环境保护问题而被拒绝了。

怀念情绪日渐强烈，有时梦中看到独立艇家“妹记”的那位少女，她由瘦小的学生成长，摇船摇至丰满的发育，见她结婚，生小孩，至今在何方？

上苍对我是仁慈的，想到的事多多少少能够实现。停在香港仔海上的巨轮“珍宝”当今由何猷龙接管，花了几千万重新装修，三楼保存旧时龙宫式的餐饮胜地，二楼改为高级食府，四楼还有一家西餐厅要开，整个计划是庞大的。

我有幸参加了一分子，建议把香港仔的海湾重现当年的避风塘情怀，得到何先生的同意，他和政府多番商讨，做出不污染海面的方案，终于得到政府的许可和支持。现在避风塘又重见天日，或许也说，重见天夜了。

当年“喜记”的老板廖喜有远见，早在湾仔登陆，开海鲜店，生意滔滔，许多娱乐界名人都爱光顾。廖老板当今也被内地“谭鱼头”集团请去成都大展拳脚，本来分身无术，但与我私交甚笃，和他一商量，即刻助我一马，前来新避风塘炒蟹，保证各位客官吃到当年风味。

“珍宝”集团已联络了十数艘小艇，随时让客人出海。重现当年的饮品已可做到，但是唱江南小调的都已改行。我会去粤曲爱好者协会邀请大家来帮忙。

这数十年来，每每向人一提重现避风塘，都被对方耻笑做白日梦，当今已有了曙光。起初并不完善，但相信假以时日，也许会做得比从前更热闹，让大家夜夜笙歌。

眼望远方傻想，原来是一件极值得推崇的事。

# 野茶禅

要出远门，当然准备好茶叶，至于要不要带个茶盅，犹豫了一阵子。

“拿个蓝花米通去吧。”菜叶铺的老板陈先生说，“这种茶盅随时可以买到，打破了也不可惜。”

对惯于旅行的人，行李中的每一件物品都计算过，判断是否必须，方携之。沏茶总不会是个问题吧？最后决定，还是放弃了茶盅。

这一来可好，往后的一些日子，这个决定带来许多麻烦，但也有无尽的快乐。

到达墨西哥，第一件事便是找滚水。我的天，当地人是不用的。他们根本就不喜欢喝茶，只要咖啡，咖啡并非冲的而是煮的，一锅锅地炮制，便没有多余的滚水了。

西班牙语是：AGUA CARICANTE，水热的意思。拼命向人家要“水热”。他们不知道你要“水热”干什么？结果也依了我，跑到厨房去生火，他们没有水壶或水煲，用个煮汤的锅子，把水煮沸了交给我。

拿到房间把茶叶撒进去，根本谈不上沏茶，简直是煮茶，真是暴殄天物。

对着这锅茶怎么办？也不能把嘴唇靠近锅边喝，烫死人。只有倒入水杯。波的一声，玻璃杯破了，差点把手割伤。

第二天忍不住去买了个原始型电水壶，此种简章的电器墨西哥卖得真贵，三百六十大洋港币。

有了电水壶没有茶盅又怎么办？这次不敢直接冲滚水入玻璃杯，但也不能将茶叶扔进电水壶里呀？

想个半天，有了！从行李中拿出一个小热水瓶来，这是我出外景必备的工具。因为有一次在冰天雪地的韩国雪狱山中，化妆师传细彭姑爬上雪山时还带着个热水瓶，我嫌她累赘，想不到拍到一半快冻僵时，她由热水瓶中倒出一杯铁观音来给我，令我感动不已。由此之后，我向她学习，每到外景地前沏好一壶茶，让最勤力的工作人员欣赏欣赏。

把茶叶放进热水壶，再将滚水倒进去，用牙刷柄隔茶叶，第一泡倒掉，再次注入热水。

沏出来的茶很浓，好在用的是普洱，要是铁观音就太苦涩了。饮用时倒进杯中，茶叶渣跟着冲出来，半杯茶半杯叶，也只有闭着眼睛喝了。

演员跟着来到，先是黎明把我的电热水壶借去泡方便面。还给我时，叶玉卿又来拿去。这一借，不回头。我也不好意思为了一个小热水壶和人家翻脸，算了，另想办法。

走过一家手工艺品商店，哈哈，给我找到了一个茶壶，画着古印第安人抽象的蓝花，很是悦目，即刻买下来。

再到超级市场去进货，想多买一个热水壶，但是给香港来的工作人员一下子买光。小镇上再也难找。

索性全副武装，购入一个电炉，再买个铁底瓷面的锅子，一方面可以沸水一方面又能煮食。

回到小房间，却找不到插头：灯是壁灯，电风扇挂在天花板上，只有洗手间中那个插电动剃须刀的能够勉强运用。

水快沸，心中大乐，这次只许成功不许失败，把茶叶装入茶壶，注入滚水。

准备的茶杯，倒茶进去，又是一杯半杯茶叶半杯水的茶。原来买的是咖啡壶而不是茶壶。注水大口，没有东西隔着，所以有此现象。

经过几番折腾，后悔当初不把那个茶盅带来，中国人发明的茶盅实在简单方便实用，到现在才知道它的好处。

终于，在五金铺中指手划脚，硬硬要他们卖给我一小方块铁纱，店员干脆说："不要钱，送给你。"

老大欢喜地把那片铁纱拿回酒店，贴在咖啡壶内的注水口上，这一来，才真正地享受到一杯好茶。

在没有喝茶习惯的国家中我遭了好些老罪。上次在西班牙，向他们要滚水的时候，他们把有汽的矿泉水煮给我，泡出来的茶有股亚摩尼亚味，恐怖至极。

之后，我已不要求什么铁观音普洱，只要有立顿黄色茶包已很满足。没有滚水？好，要杯咖啡，再把三个茶包扔进去浸，来杯鸳鸯算了。

我们这次的外景，最大享受是回到旅馆，每个人都把他们的临时泡茶工具拿出来，你沏一杯，我沏一杯，什么茶都不要紧，只要不是咖啡就行。喝入口中，比什么陈年白兰地更加美味。

日本的茶道，那不过是依足陆羽的茶经去做，很多人骂他们只注重仪式，但也是悠闲生活的一个方法呀！台湾人冲工夫茶更是越来越繁复，先用一支竹夹子把小茶盅中的茶叶夹出来，再来个小竹筒盛新茶装入，沏后倒入一大杯，再注入几小杯，把空杯闻了一闻，再喝茶之。说什么这才是真正的茶道，他们看轻日本和香港的喝茶方式，认为台湾产的冻顶乌龙才真正叫作茶。

茶，要是一定那么喝，已失去茶的意思。

茶，是用来解渴，用什么方式都不应该介意和歧视。在没有任何沏茶工具做出来的茶，才能进入最高的境界。

# 树

学篆刻有一个好处，那就是能从一方小小的图章中看到宇宙。凡事仔细观察，总有无穷的乐趣。

我们每天到学校上课，出门买菜，或者上下班，如果觉得路途遥远，那么看路边的树木好了。不注意的话它们不存在，认识了你便会一棵棵叫出名字来。看它们开花落叶，目的地一下子到达。

在香港常见的树种类虽然无数，但是总有些特别多，归纳后不外几种，并非难事。

“树有什么好看的？”小朋友问。

首先，我们会感叹造物者的神奇。一棵大树，叶子至少有数十万片，你想想，它要吸收多少水分才能让这些儿女得到营养。看叶子的凋落，悲哀吗？但到了翌年，树又充满绿叶，这不过是成长的一个过程。

欣赏树，我们可以从它的外表开始，一下子就发现每一棵树的形态都不同。接着是叶子了，圆的尖的各异。再下去看花，美不胜收。树皮也好看，有的光溜溜，有的爆裂。最后是它的根了，牢牢地抱着大地，有些根是从树枝上挂了下来。

代表性的是榕树，香港的是中国榕，又叫细叶榕，树干直而粗壮，枝上长出长长的气根，像长了长须的老人。榕树气根能长入泥土，并发展成另一棵榕树。新树又长气根，就那么代代相传下去。有时这些气根会把树干包围起来，像孩子抢父母的饮食，争取吸取泥土的滋养，这种竞争叫作绞杀现象。

阿弥陀佛。说到此，还不如想想印度的榕和香港的是不是同一个种？释迦在树下，如何觉悟？

长得又高又直又粗的木棉，树干上有尖刺，防御动物攀爬，正直无偏的树干挺腰笔直，十分威武。但到了春天又有娇艳的一面，长出又红又大的五瓣花朵。在路旁拾起来看，花萼成杯状，其中雄蕊无数，晒干了是中药。五月结果，椭圆形，爆裂后飞出棉毛来，不喜欢的人为飘得满面而懊恼，爱上了就觉得像飘雪。木棉又叫英雄树，如果掉落的花朵黏在树干上，真的像中弹的烈士，企立不倒。

早春杜鹃怒放，香港的万紫千红。各地都长杜鹃，郊外也有野生的，花柱似蝴蝶须，花冠成漏斗状，非常高贵。叶片很厚，椭圆形披针形，先端位渐尖，叶片及柄皆披毛，故也称为毛叶杜鹃。从前的港督府中长得最茂盛，当今偶尔也给大众进去观赏，等到开放日去走一回吧！不然在一些学校校园也看到杜鹃，问学生：是什么花？愈是名校，愈回答不出。

大量的代树，本质又是花岗岩的野外，植物稀疏，故引进了多类外国树，适应力强，生长迅速，其中之一是台湾相思。山脊上的防火林带也多是这品种，远看有如一条绿色的带子，也叫为“绿带”。春暖时分，台湾相思开出绒球小花，一片金黄，令人眩目。下完雨，在台湾相思的树下走过，会闻到一阵强烈的腥气，和男人的精液味道一模一样。

还是白兰清新芬芳，在春末初交开花，有时秋天也盛放，花开二季。花瓣狭窄尖长，可用铁线串起来打个圈，挂在上衣的纽扣上，阵阵香味飘来。早年的女士们更将之别在髻上当头饰，当今的最多买几朵放进 LV 皮包里。白兰可以长到五六层楼高，花一开数万朵，如果买房子买到路旁有一棵大白兰，那才是真正的发达了。

看过台湾相思的黄，就要看凤凰木的红了。最美丽是在初夏蝉鸣时，起初树顶上看到几朵红花，一下子像燎原之火燃烧得通红，洋人称之为“森林的火焰 FLAME OF THE FOREST”。它的叶子为羽状复叶，对称着长出，到了冬天在北风中如雨飘落，另有一番凄美。

看果树的话，新界一带也有许多龙眼，银杏则少见。有趣的是南酸枣，像橄榄，肉厚汁多，果核有四五个洞，也叫四眼田鸡。油甘子又叫余甘子，果实绿绿油油，细嚼之后有余甘，故称之。最香最好吃的莫过于本地蒲桃了，三四月间看到地上落着一堆黄色的蕊丝，就知道是蒲桃树。五六月结果，像个柠檬，当中有棵小核，摇起来咕噜咕噜作响，肉又香又甜，可惜现在的人怕生虫，不敢尝试。

香港特别行政区区徽是洋紫荆，外表并不特别漂亮，又带了一个洋字，名衰，不知是哪一个家伙选出来的。我们的区花应该选鱼木才对，鱼木又叫树头菜，别名石栗。香港政府将各种树的树名写在一块小板钉在树干上，下次经过仔细看看，就知道什么树叫鱼木。到六七月间你不看也认得出，树头上开满着黄花，漫天花海，美不胜收。单单是太子道上就有几百棵鱼木，开起花来像游行的涌涌人头，和平坚强，素质奇高。

有时树让我们想起一个人。丁雄泉先生常带我去看阿姆斯特丹河边的一棵大树，叶子上百万，垂至水上。有一天，丁先生和我都走了，树尚在，这是做人最简单的道理，争执来干什么？我想，对大树的尊敬，莫过于死后把骨灰埋葬树旁，与它共同取笑路过者人生之荒唐。

# 茶道

可恶的台湾人，发明出所谓的中国茶道来。最令人讨厌了。

茶壶、茶杯之外，还来一个“闻杯”。把茶倒在里面，一定要强迫你来闻一闻。

你闻、我闻、阿猫阿狗闻，闻的时候禁不住喷几口气。那个闻杯有多少细菌、有多脏，你知道不知道？

现在，连大陆也把这一套学去，到处看到茶馆中有少女表演。固定的手势还不算，口中念念有词，说来说去都是一泡什么、二泡什么、三泡什么的陈腔烂语。好好一个女子，变成俗不可耐的丫头。

真正的中国茶道，就是日本那一套。他们完全将陆羽的《茶经》搬了过去。我们嫌烦，将它简化，日本人还是保留罢了。现在台湾人又从仔那学回来。唉，羞死人也。

如果要有茶道，也只止于潮州人的工夫茶。别以为有什么繁节，其实只是把茶的味道完全泡出来的基本功罢了。

一些喝茶喝得走火入魔的人，用一个钟计算茶叶应该泡多少分多少秒，这也都是违反了喝茶的精神。

什么是喝茶的精神？何谓茶道？答案很清楚，舒服就是。

茶是应该轻轻松松之下请客或自用的。你习惯了怎么泡，就怎么泡；怎么喝，就怎么喝。管他三七二十一。纯朴自然，一个“真”字就跑出来了。

真情流露，就有禅味。有禅味，道即生。喝茶，就是这么简单。简单，就是道。

# 好年

千禧年在什么地方度过？有了平常心，哪里都是一样的。

我们大伙去了北海道，在旅馆餐厅吃过晚饭，再到大堂去参加倒数派对。大会司仪宣布早到的新西兰澳洲没有发生千年虫问题，新的世纪也会太平吧。

望出窗外，大雪纷飞，大家露出千禧年的第一个笑容，原来自然现象也令人喜跃。

散会后第一件事，就是和大伙儿踏着雪去吃一碗热腾腾的拉面。北海道新流行的拉面中加了韩国泡菜。本来对这种酸溜溜的食物没什么好感，试了一下，才知道日本人已经将它改良得带甜，很不错，本来正统的日本店是绝对抗拒韩国东西的，现在食物也大同了，算是好事。一碗面罢了，又不是满汉全席，满足些什么呢？

有些人也许这么说，但有得吃总比没得吃好，享享下等福，好过没福享。

回房埋头大睡，稿子也不写了，事前存了数篇，不再操劳。对于金钱，还不是一样？

数小时后去参拜，中国佛也好，日本佛也好，是佛就拜，总错不到哪里。

许愿本身也是件贪心事，怎能不劳而获？抽了支签，一吉的拿回家，凶的绑在树枝上留下。一切都是自己想出来的，做些什么总有一个解释，只求心安。

驱车到丰平峡去泡北海道最大的露天温泉，又如愿地下雪，雪花飘到肩膀上被体温融解，感觉是美妙的。

浴后大饥，吃当地著名的咖喱饭，什么？咖喱是印度人的东西，来了日本为什么不吃日本餐？哪管什么地方的食物，好吃就是，印度师傅他乡遇故知，互相拥抱，说一声新年快乐。平常心。日日是好日。年年是好年。

# JENA

全东京，也是全日本最旺最高级的一条街，叫银座。

在银座四丁目，有家近藤书店，很小，三层高。日本书店的规模已经愈来愈大，这一家书店虽然开在银座，卖的是普通书，不值一提。

但是，开在这家人楼上的，是一家开了近百年的英文书店，是所有住在东京的外国人的精神食粮仓库。它卖着各种你需要的英文书，也帮你订购，永远不会让你感到失望。

除了外国人，书店中也有许多本地客，他们热爱英文，常在书店中徘徊，看书看得不见阳光，全身发白的老头，也有高瘦的时装模特儿。

四十年前我常到 JENA，后来离开东京，每次翻开在这家书店买的书，都唤回自己的青春。时常在梦中，我在 JENA 流连，从书架缝中望去，见到的长发少女。

当年有关电影的书出版的不多，但是每一本都很有分量，像卡雷尔·雷兹所著的《电影剪辑技术》，是一本研究电影剪辑最重要的工具书。通常作者只懂理论，此君后来在英国新浪潮中当名导演的监制，自己也导了我最喜欢的电影之一——《浪子春潮》。

书店之中，有时你会遇到唐纳德·里奇，他是研究日本电影的权威，所著英文书是每个喜爱日本电影的外国人必读的。此君有断袖之癖，书店中的年轻人一不小心就被勾引，但他太太是位大美人，也时常被年轻人勾引。

三岛由纪夫也来，他买的是圣塞巴斯蒂安被箭射死的裸画。

最近一次去东京，发现 JEAN 已经关门，有独特个性的书店再也经营不下去了。银座的霓虹灯似乎又减少了一盏，寂寞得很。

# 雪中温泉

由香港乘国泰直飞北海道，除了拍摄吃东西之外，温泉更是不能缺乏的。

发现先头部队给我的选择实在太差，酒店的露天泳池，假山假石，太过人工化；乡下旅馆的又太小，不够气派。真担心没有好东西拿出来给观众看。

不死心，自己再去找，东问西问之下，给我找到了丰平峡温泉这个地方。

丰平峡在札幌市南区定山溪六〇八番地二号，没有旅馆，只是一个食堂和一个公共浴场，什么人都随时可以去入浴。

外表实在平平无奇，走进室内浴室，也是一个普通的池槽，但是打开门一看，哗，各处的树梢和岩石上都积满了雪，温泉的蒸气升上半空，又凝雪下降，好一个美丽的天然温泉，我来了日本那么多次，还没见过这么巨大的，连北海道以外的人都不知道。

先跑去见这家人的老板尾中美文，说明来意，对方竟然不考虑地马上说好，不必收费，尽管拍吧："不过……"

“不过什么？”我以为有什么难题，急着抢问。

“不过你说有个女明星也要一同入浴，她得经过男宾部才能走进那露天温泉。”老板说，“那么多赤裸裸的男人，她怕不怕？”

我翻成英文给李绮红听，她说：“怕什么？我在加拿大的时候，就想开一个天体营！”

想不到这小妮子那么大方，用日文翻译，对方也赞许李绮红的胆色。

拍摄展开，我们两人浸在温泉中聊天，叫了一壶酒，两个杯，用木盆盛着，飘了过来，喝完之后一推，又把木盆和杯浮着流远。

美中不足的是雪太细了。雪，要大片才好看，日本人称之为牡丹雪的满天飞才够气氛，但是凡事有点缺陷，比完美好。

## 风筝博物馆

在日本桥的三越百货公司老店后面，有间风筝博物馆，由几个爱好风筝的人建立。

里面并不大，却陈列了各种形态极复杂的风筝，还有东南亚一带的也收集齐全。

最喜欢的是以手染花布做的风筝，古朴简单，令人爱不释手。

馆址中还有一间很独特的餐厅叫“太明轩”。客人不必叫菜，侍者送上来的只有一种：黑色的漆盘上，放了十多个颜色缤纷的小碟子，盛着日西合并的食物如牛排、蔬菜、豆类、海鲜等，各种东西只有一口的分量，最后奉上一碗小小的汤面。

据说创此食谱的店主在外国长居过，西洋的单单那么几道菜不敢领教，又不喜共吃日本东西，所以叫家里厨子组成这个配合，客人吃得叫好，来不及招待，所以干脆开间餐厅。

来这里吃的人斯斯文文，学生也不少，多数是学艺术的。主人一有空便坐下来和众人大谈风筝。

酒醉饭饱，走出去时看见陈列室外有个小摊子在卖空白的风筝，让客人自填上字。兴致一起，提起毛笔，写上：虽然不知身落何处，但断线那一刹那，自由奔放，不枉此生。

柒

# 每一个时空都不同，才有趣

整天叹息生活没有从前好，日子难过。

我一直不相信一代不如一代，也不是青出于蓝的信徒。

每一个时空都不同，才有趣。

## 我们这辈子的人

长辈托我买东西，身体不舒服躺在酒店中，任务就交给自告奋勇去的年轻人。

“走了好几家店，买不到。”年轻人回来轻松地报告。

“盒子上有没有地址？”是我的第一个反应，但是没作声。

翌日。牺牲睡眠，叫了辆的士，找了又找，好歹给我找上门买到了，那种满足感是兴奋的、舒服的，终于没有让长辈失望。

我们这辈子的人，答应过要做的事总是尽了最后一分力量才放弃。

我并没有责怪年轻人，觉得这是他们的做事态度，是他们的自由，与我们这辈子的人不同罢了。

我这种摇摇头的表情，似曾相识，那是在我父亲的脸上观察到的，当我年轻时。

上一辈子的人总觉得我们做事就是差了那么一丁丁点，书没读好、努力不够、乏幻想力，总是不彻底，没有一份坚持。

看到那种表情，我们当年不懂得吗？也不是。你们是你们，我们是我们。我们认为已能过得了自己那一关，已经得了。你们上一辈子的，有点迂腐。

但也有疑问：自己老了之后，做事会不会像老一辈子的人那么顽固？

“那就要看，要求我做事的人值不值得我尊敬。”年轻人最后定下自己的标准。

通常，愈是在身边的人愈不懂得珍惜这种缘分。年轻人对刚认识的反而更好，舍命陪君子就舍命陪君子吧！

渐渐地，年轻人也变成了一个顽固的老头，他有自己的要求，有自己的水平，对比他年轻的已看不顺眼：“做事怎么可以那么没头没尾呢？我们这辈子的人不是那样的。”

从来，我们做人总是忘记自己年轻过。“我们这辈子的人”这句话才会产生。

## 树

上次去日本青森，在金木县的树林中看到一棵很奇怪的树，树身一周量起来有两米多，长了十二枝树枝，每一枝都向上翘，像非常巨型的佛手。当地人的想象力中，认为它像一管插鱼的用具，又叫它为十二鱼叉。

更古怪的是，第十三枝树枝长了出来，其中另一枝便枯竭了，永远保持十二枝，用现代科技计算，至少有八百年以上的寿命。

如果你想去看看，可以乘津轻铁道去金木驿，再乘二十分钟左右的车就能抵达，经过一个叫砂利道的树林，再往前走四公里左右，这棵树就在你眼前。

附近一片寂静，偶尔听到鸟声，对着树，整个气氛非常庄严。这样的树，活得那么久，一定变成树精了，我相信。

忽然，一阵风吹来，树枝与树枝相撞，发出声声巨响，像在回答我的想法没错。

如果嫌青森太远，下次到东京时可以乘 JR 线到松町驿，走路十分钟，乘地铁到芝公园驿，走路五分钟，就可以到江户川区东小岩的善养寺。那里有一棵叫“影向之树”，树高只有五米，但是树枝则是扁平地向四周伸去，覆盖的面积有二百二十平方米。“影向”二字是佛教的用语，意思是佛的显身。

见到这些树，我们都会感觉自己的渺小，我们向树学习，可以变谦虚一点，这是看树最大的好处。

年轻时不懂得欣赏，也不知树的力量。在拍一部电影时，男女主角在雪地散步，画面有飘雪才美，刚好附近有棵大树，枝上积满了雪。如果能把雪摇下就好了。试试看，树一动也不动，恼起来，走后几步，用身体向树撞去，一阵刺痛，肩骨差点碰得粉碎。树像在笑我：真是一个不知天高地厚的傻小子！

# 听

“还是温室长出来的水蜜桃好吃。”有些人主观之强，不容其他意见。

如果你说树上熟的更佳，那么这场争论将是没完没了。何必呢？上帝，原谅他们，因为他不知道他们做些什么。他们没有吃过树上熟的水蜜桃。

我们这些惯于旅行的人，一看就知道带进飞机的手提行李是否合规格，但是有些人一定要强辩他们的超大皮包会过关。好，这是你们的事，为什么要好言相劝？

云丝顿比万宝路香，有人说。我总是笑：你抽你的，我抽我的。不然吵得老半天，才发现对方是不会抽香烟的，才把你气死。

经验告诉我，听总比说好。任何事，什么意见，只要不干扰我的生活，我笑着听。

一发表意见，短处缺点暴露无遗。

“还是菲律宾好玩！”他们说。

菲律宾是不错，但你们有没有到过威尼斯？解释水乡的美，是时间的浪费。

“鱼还可以吃生的，猪肉生吃？你不怕肚子生虫？”他们指出。

庞马的生火腿，配上蜜瓜，天下绝品。向他们说，是夏虫语冰。

最怕听到人说这种化妆品好，另一个说不，不，不，那种更好。两人在争辩的时候，我就走开。

相异的意见可以容忍，但是到了影响自己的地步就另当别论了。像大家坐在一辆车上，阿猫说这条路比较近，阿狗说另一条是快捷方式，但我知道第三条路最直接时就不能听了，这种情形之下我一声命令：“走这条！”

无关紧要时我笑着听，有些人被我笑得心中发毛，大声问道：你笑什么？ 我还是依然地笑，一声不出，照听不误。

# 烟

抽烟，已变成一种罪恶。

一切抽烟的行为都要被赶尽杀绝，天下政府将订重罪来惩罚吸烟者，但是没有一个国家全面禁止。拿破仑早已说过："这种罪恶带来十亿法郎的税收，你能找一种功德代替它，我即刻禁烟。"

电视上再也看不到香烟的广告，但许多大型的活动还是由烟商赞助，万宝路化身为衣服来告诉人家它的存在。要让香烟完全销声匿迹，我想永远做不到。

好莱坞自律，虽没明文规定，但也再不让男女主角抽烟了，只有反派才能吞云吐雾。再见了，亨弗莱·鲍嘉。永别了，詹姆斯·迪恩。

香烟的优雅和高贵的印象被雪茄代替，美国人最崇拜的领袖甘乃迪是抽雪茄的。当今的巨星如罗伯特·德尼罗、阿诺德·施瓦辛格照抽不误。雪茄也变成妇权运动的武器，禁烟也是她们搞出来的，抽雪茄也由她们卷起旋风。麦当娜在大卫·莱特曼的深夜节目中大抽雪茄，男男女女没有人攻击她。

我们这群写作人还是不肯放弃香烟，它的确能带来宁静和灵感。谈香烟和大众对立太过枯燥，还是提一提美女米歇尔·菲佛的名言吧：

“我绝对不反对吸烟，因为坐下来吃饭时，一桌人的言论最有趣的，还是那个吸烟的家伙。”

作家马克·吐温曾经说过：“戒烟是我认为最容易做到的事：我应该知道，因为我已经戒过一千次了。”

名女人 Florence King 老了之后说：“对于现在，我唯一怀念的是事后那根烟。”

我们这辈子人最顽固，你愈禁我们愈想抽，虽然二手烟害不害人还没证实，没得对方同意我们不会抽。我们享受的是自主权，不管那是对我们好的还是坏的。

# 会

“原来你们会看月色，又能预测天气，真是了不起！”知识分子到了田中，感叹农夫们的本事。

老百姓耸耸肩：没什么了不起的呀。

所谓学问，学学问问，就学会了嘛。最怕你不愿去学，不肯去问。

学了问了，就变成知识分子。但是知识分子最大的毛病，莫过于以为自己了不起，学会一样东西，听到一个事件，马上就炫耀出来，大声疾呼：我会这，我会那。

真正学会的人，却像农夫一样不出声，耸耸肩：没有什么了不起。

像画画，从素描开始，不停苦练，学会了写实之后，再进入写意，最后完全地抛掉，画出儿童画一样天真的作品。

像写字，从临碑帖开始，勤摹名家，最后创出自己的字体，却要有很深的基础才行。

不单是艺术，做买卖也一样，善于经营的人，都不自叫：我会做生意！

这等于律师说：我懂得法律！

律师不懂法律，做什么律师？

凡是自吹自擂的人，一定自信心不强。最低能的，莫过于有些医生说：“我医好某某人。”听到这种话，最好别找他。

也很少听到知识分子说：“我看了这本书，又看了那本书。”

只见他们发表文章：攻击这个人，批评那个人。懂得一点毛皮，即刻引用。

自以为是知识分子的人包袱太大，是假的知识分子。如果要批论，只能说出一个观念的正确与否，专门对付一个人是没有自信心的表现。

“原来你会写文章，真是了不起！”有人向我这么说。

我只是写，每天写，不知道会不会。

# 稀奇古怪

黄蓉想出来的食谱稀奇古怪，而作者金庸先生的饮食习惯却很正常。“我和蔡澜对一些事情的看法都很相同。只是对于吃的，他叫的东西我一点也吃不惯。”有一次和金庸先生去吃广东粥面，他就这么说。

海鲜类金庸先生也没有兴趣。他爱吃肉，西餐牛排绝对没有问题。一起去旅行时，到中国餐厅，他喜欢点酸辣汤，北方水饺也吃得惯。

上杭州餐厅和沪菜食肆，金庸先生不必看菜单，也可以如数家珍地一样样叫得出来。

至于水果，金庸先生最喜欢吃西瓜。这也是江浙人的习惯吧。我小时候就常听家父说他住上海的时候，西瓜商家是一担担买来请伙计吃的。不这么做就寒酸了。当年没有冰箱，把西瓜放进井里，夏天吃起来比较冰凉。

说到酒，据说金庸先生年轻时酒量不错，但我没看到他大量喝。来杯威士忌不过不加冰，净饮倒是常见。

近年来他喜欢喝点红酒。每次脱下眼镜后细看酒牌，所选的酒厂和年份都不错。有时喝到侍者推荐的好酒，也用心记下来。

吃饱了饭大家闲聊时，金庸先生有些小动作很独特。他常用食指和中指各插上一支牙签，当是踩高跷一样一步步行走。

数年前，经过一场与病魔的大决斗之后，医生不许查大侠吃甜的。但是越被禁止越想吃。金庸先生会把一条长巧克力不知不觉地藏在女护士的围裙袋里面。自己又放了另一条在睡衣口袋中，露出一截。

查太太发现了，把他睡衣口袋中的巧克力没收后便到楼上休息，金庸先生再把护士围裙袋里的扒了出来偷吃。本人稀奇古怪。不然，他小说中的稀奇古怪事又怎么想出来的呢？

# 玉露

日本茶道，遵守着陆羽《茶经》中所举的各种道具和仪式。把茶末打得发泡而饮之，虽说能修身养性，但是味道真是不敢恭维。

一般人喝的是略经烤焙的茶叶，叫绿茶；刚摘下的，叫新茶。第一次下口，觉得像在喝洗鱼水，腥得很。

我最喜欢的一种茶叫“玉露”，能在京都二条的小茶馆喝到。茶馆中有张长柜台，摆着一个小炭炉，炉上烧着一个水钵叫“铁瓶”，煮清甜的泉水，一根小竹筒做的勺子架在铁瓶上。泡玉露的水不能太滚，所以要将滚水添入小盂里，让水休息。

到了把手抱着小盂也不觉得烫时，倒入茶壶，焗三分钟左右，便注入小杯中。此刻香气扑鼻，细口尝之，又浓又郁，其味像极品铁观音，另带点喝汤的动物肉香，复杂而诱人，才明白为什么叫“玉露”。

## 表情

小朋友问我：“我总不能填满那四百字的稿纸，不是太长就是太短，怎么办？”

“这样吧。”我回答，“不如把那四百字分为四个部分，一个部分一百字。”

“你是不是开我的玩笑？”小朋友恼了。

“不，不，我是正经的。”我说，“文章结构，总有起、承、转、合，刚好是四段。”

“那不是太过刻板吗？”小朋友不服气。

“基本训练总是刻板，所有基础没有一样是有趣的。等到你成熟时就起变化。”

“怎样的变化？”

“起、承、转、合。”我说，“可以变成合、转、承、起。或者任何一个秩序都行，只要言之有物。”

小朋友说：“我明白了。如果将‘转’放在最后，就变成了一个意外结局 surprise ending，等于你常说的棺材钉。”

“你真聪明，一点就会。”我赞许。

"那么每一段不必是一百字也行？"小朋友还想确定一下。

"那是打个比喻。"我说，"先解决你写得太长或太短的疑问。"

"但是有时还患这毛病呀！"小朋友说。

"那么你宁愿写长一点。修改时左删右删，文字更是简洁。"

"有时不知道要写些什么才好。"

"我也是一样呀。"我说，"所以要不停地观察人生，不断地把主题储藏起来。"

"有了主题有时也写不出呀！"

"那么你先要坐下来，坐到你写得出为止。这也是一种基本功，最枯燥了。写呀写呀，神来之笔就会出现。"我说。

小朋友不太相信，露出像我开始写的时候，不太相信前辈所讲的表情，我笑了。

## 投资

“你说投资，”小朋友问，“做什么投资最好？我从来不懂得做生意，怎么开始？”

“古人的话有他一定的道理。”我说，“不熟不做。要做你认识的。”

“我只懂得我的老本行，最熟了。其他，一点也不懂。”他说。

“那么开始学习呀。”

“学些什么？”

“学你的工作之外，有兴趣的东西。”我说。

“我只对吃东西和睡觉有兴趣。”小朋友笑了。

“对吃有兴趣，可以开小餐厅。对睡觉有兴趣，可以设计枕头。”

“唔。”小朋友说，“我没有想到设计枕头也是一种行业。”

“这行生意可大可小。一般人都对自己的枕头不满，说睡得不好完全因为没有一个好枕头，你能做出一个让他们满意的一定有人买。”

“但是我只会睡觉，不会设计。”

“所以说要学习呀。”我说，“可以从研究脊柱的构造开始，再进入天下最轻最软的鹅毛是哪一种？一块过的枕头好，还是分成十个气袋？天然树胶的发热量和人造塑料的分别如何？枕头盖麻质好过丝绸？应不应该分春夏秋冬不同的四个袋子？用计算机分析头和颈项的角度，行不行得通？抱枕呢？追溯它的历史，叫作竹夫人。从前的抱枕，天气热的时候用竹编成的，你知不知道？有个象牙的抱枕，更凉快，但是现在象牙禁猎，可用什么塑料来代替？每一种东西都是一门学问。精了就是专家，写谈论古今枕头的文章也是乐事。”

我一口气说完。

小朋友哇的一声：“除了睡觉和吃饭，我还喜欢做爱。”

我懒洋洋地：“去拍小电影，拍得好也能赚钱。”

# 吾爱梦工场之序

天地为了我出版了一册新书，题名《吾爱梦工场》，看了很喜欢，谢谢编辑陈婉君和美术杨晓林，不管是图片的收集和文章的编排，都很精美恰当，只少了一篇序，而我的书多数是无序的，如果能够再版，也许可以把现在写的这篇加进去。

封面上的黑白照片，右边站的是谁？有些读者问过。这位老人家在西方鼎鼎有名，就是《海神号历险记》，一九七二年的那部灾难经典的导演。此片亦重拍过，不管计算机特技有多么进步，但在剧情上的控制远远不如旧的。

罗纳德·尼姆是英国人，出生于一九一一年，入行时为摄影助手，升为摄影师时拍过《窈窕淑女》（1938 年）、《效忠祖国》（1942 年）。在 1945 年拍了大卫·里恩的《欢乐的精灵》，1945 年之后两人关系加深，当了大卫·里恩的制片，监制过《相见恨晚》（1945 年）和《远大前程》（1946 年）等经典之作。

他自己导演的戏无数，值得一提的是《百万英镑》（1956

年）、《财星高照》（1960年）、《春风不化雨》（1970年）。

到了好莱坞后最出名的还是《海神号》了，片商们看他拿手，就接着请他拍另一部灾难片，叫《流星》（1979年），讲的是大陨石冲击地球的故事。这种题材后来好莱坞拍过好几次，也不如它精彩，虽然当年的特技今天看起来还是幼稚的。

很多人不知道，《流星》是与香港邵氏公司合作的影片，部分外景在香港拍摄，而负责当地制作工作的就是我了。

在这段时间内，老人家发现和我谈得来，不断地教导我关于电影的制作和编导的技巧。好莱坞的巨资制作是不允许超支的，开工后得按照行程拍摄，否则延迟一天就要损失数十到一百万美金。当我们去外景时下雨，上千名临时演员在等待，怎么办？老人家说："拍特写。"

我们把这些琐碎镜头完成后，雨渐停，问道："是不是可以拍远景了？"

"还没有，光不够。"他斩钉截铁地说。

"怎么知道光够不够的呢？"我再问。

"你看商店里的日光灯，要是比外边还亮，那就表示还不能拍。等看不见了，光就够了。"回答得实在有道理。

至于监制上的工作，他老是教导："镇定，镇定，镇定，镇定。做阿头的，一慌张解决不了问题。"

谢谢老师，今后做人，怀此态度，也得益不浅。

有趣的人物，还有受艺术和商业界都看重的约翰·休斯顿，他在一九七九年来香港，不是当导演，而是做演员，拍了《美洲虎生活》。

在闲聊时我问道：“你是位大导演，怎么肯来这里拍一部 B 级动作片，而且演的还是反派呢？”

他一面抽雪茄一面说：“如果你真正喜欢电影的话，有什么工作你就做什么。什么叫反派？什么叫正派？哈哈哈哈，我是一个无耻、也不知道什么是被尊敬的人。怕什么？什么叫羞耻？自己感觉。”

我今天还记住他重复又重复的那句：只要真正喜欢电影的话。

僵尸片中，除了演僵尸的克里斯托弗·李之外，一定有一个僵尸杀手叫范晓森，而经常扮演这个角色的是彼得·库欣。他来香港拍《七金尸》的时候，也经常喜欢听我说东方影艺的故事，但他本人不太出声，有点像戏里演的教授，真人比他面对的僵尸还要阴森。

常演大反派的李范克利夫，后来在意大利西部片演了些角色红了起来，也当主角。来香港拍外景时由我招呼，他当年已经酒精中毒，而且头已秃，剩下两边发角。大醉之后叫醒他拍戏，他迷迷糊糊，抓了头顶上那块假发就贴上去。贴反了，由我指出，他一望镜子，哈哈大笑。一站在镜头前，即刻非常清醒，一拍完醉态又生，是注定吃演员这一行饭的人。

接待来邵氏片厂的人还有喜剧大明星丹尼·凯，他是带着一个男伴来的，是个秃头大胖子，给他一直指指点点大骂，像一个受委屈的老婆。当年同性恋还不被接受，要是给传媒揭发了，就当不了联合国儿童大使。

班尼·希尔也来过，平时人颇正经，一有记者拍照即刻扮滑稽相，记者把相机放下，他又板起脸孔不笑。过后不久，就去世了。

印象最深的还是王妃格蕾丝·凯利，当年来港参观，身体已臃肿，但笑脸依旧，和摩洛哥国王一起左看右看，似乎对电影已不感兴趣了。有很多人不识趣，不断地要求合照，起初还保持笑容，后来人实在太多，略略地皱了一下眉头，王妃典范还是保持住的。

除了尼姆活到差不多一百岁，其他人物俱往矣，梦工场中有他们的足迹，在我脑里也留了深痕。为了纪念，是为序。

# 无泪的日子

年轻的时候，得不到爱便是恨，黑白分明。

你不跟我睡觉吗？那你是爱我不够深。好，永远不见你。男的说。

你连爱我都不会说一声，你追求的只是我的身体。好，我绝不给你。女的说。

为什么不能等呢？再等多一阵子，人就是你的，但大家都心急，其实不是心急，是不懂得珍惜感情。

这是教不会的，无经验的洗礼，怎么聪明的人都不懂得爱，只会破坏。

到了了解什么是爱的时候，我们对人生开始起了怀疑，而且逐渐不满。一不小心，便学会讽刺它，沉迷在绝望中，放弃宗教和哲学的教导，变得尖酸刻薄，即使爱再到面前也让它溜走。

令我们开心的事越来越少，让我们垂涎的食物已是稀奇。

不过，我们也没那么愤怒了。

已知道骂人结果自己辛苦，动气伤神伤身。看不顺眼的，还是不发表意见，反正不是一个人的能力可以扭转乾坤，想一笑置之，但又恨不消，唠叨又唠叨，在年轻人的眼中，我们是长气的。

但愿自己能像红酒，越老越纯。一股香浓，诱得年轻人团团乱转。一切看开、放下，人生豁达开朗，那有多好！

想归想，到头来还是做不到，只能羡慕，只能羡慕。

在这个阶段，家族、朋友，开始一个个逝去，我们一次又一次地哭啼。

泪干了，所以我们不哭。

年轻时，欢笑止于欢笑，对笑的认识太浅。到现在才知道，真正悲哀时眼泪是流不出来的。眼泪，只有在笑的时候才淌下。

# 日文汉字趣录

日文少不了汉字，但是汉字经他们一用，奇怪的事便发生了。

最明显的例子是日文中的“大丈夫”，做不要紧解释，怎么联想也拉不上关系。

信号，他们叫“合图”。

伙伴、共事者是“相手”，这还有点意思，但是“切手”却是匪夷所思的“邮票”两个字。

赤，是红色，与我们相同，但是他们的“青”，倒是我们的蓝色。“赤新闻”，他们解成黄色报纸。

扬豆腐。什么？豆腐也能扬？其实，“扬豆腐”不过是油炸豆腐而已。

并，普通之解。你到寿司店去点一碟鱼生拼盘，菜单上写着上、并二字。上当然是上等的，好的。并呢？例牌也。

案内，是向导、引导的意思；案内状，不是做引导的样子，而是通知书，或是请帖。

一字的下面一加另一汉字，相差很远：一丸是一粒；一具是一副；一汁是一汤，一汁一菜，一汤一菜；一存是“个人意见”；一道是一种技艺；一抹是一片；一味是一颗；一本是一支，反正是瘦长的东西，都叫一本；一羽是一只，庭鸟一羽，一只鸡的意思；至于一番，相信大家都懂得是第一、最好的意思。常见的方便面商标“出前一丁”、一丁，一碗解；出前，外卖解；出前一丁，外卖一碗的意思。

有许多双字，与中文意义一样，但他们却把字颠倒来用。雨落，落雨也；绍介，介绍也。

刺青做文身解，还能会意；刺身，做鱼生解，老饕才懂得。

淋病的淋字，寂寞的意思；这个字取好，患了淋病不敢告诉人，岂非寂寞？

另一个很美的是“朝颜”这个名称，中国人却叫它牵牛花，煞风景。

有难，是谢谢的意思。总之，日文中的汉字，要是都照中文意解那真是有难了。

# 切腹

小林正树在作品《切腹》一片中，做了许多历史资料的调查，根据电影的形象和文字的记载，切腹是这样的。

在广大的庭院中，太阳直照着一名全身白色和服的武士，他跪在一张铺在地上的白布上，身后另一名武士垂着大刀服侍，周围站着同僚。他们的主人坐在小凳上观礼。樱花飘下，切腹武士拉开胸襟，露出肚皮，用手摸一摸后，便抓住面前摆在小台子上的一把短刀，出鞘，由怀中拿出一沓白草纸包着刀肉，大家都屏气凝神。武士把放短刀的小台子拿在身后，顶住臀部。这样做，他的身体才不会向后倒。

一切准备妥善，武士向他的主人深深地一鞠躬，主人略点首回礼。武士后面站着的有个名堂，叫“介错人”，电视片集《带子雄狼》的主角，原职就是专门做这斩头的任务。这时，他举起大刀等待。

鸦雀无声，只闻虫鸣。

忽然，白衣武士双手握刀，向前伸去，再回头大力往肚子上一插，“楚喔”一大破裂声，鲜红的血嗞嗞响地飞喷出去，撒遍白地，如无数的花瓣。

接着，武士将刀由左至右使劲地拉，牙齿咯咯作声，割至中间，把刀锋向上一转，又从下切上，成一个L型。

最后，伸手入肚，抓出肠子。这时武士气断，站在他身后的介错人乘他的身子未倒之前挥下大刀，头颅跳开，血似泉水往上喷。礼成。

切腹是日本人独特的自杀方法，今天该国的青年对这习惯也感到怪异，不要说我们外国人了。自杀可以刀子插入喉咙、心脏等处更早死，为什么要切腹呢？原来日本人自古以来相信人的灵魂长在腹部，故有“肝魂”这一说。他们觉得肚子中的东西比脑袋里的更重要，所以要把躲在腹中的灵魂刺死又切开，才真正叫死。

还有，切腹是唯有武士才敢做的勇壮行为，老百姓是受不了这种苦的，所以切腹思想中含有很深的阶级意识。

怎么说都好，其实，这只是暴露狂的一场最后表演。